홀리 시티

홀리 시티

발행일	2016년 11월 30일

지은이	이 은		
펴낸이	손 형 국		
펴낸곳	(주)북랩		
편집인	선일영	편집	이종무, 권유선, 안은찬, 김송이
디자인	이현수, 이정아, 김민하, 한수희	제작	박기성, 황동현, 구성우
마케팅	김회란, 박진관		
출판등록	2004. 12. 1(제2012-000051호)		
주소	서울시 금천구 가산디지털 1로 168, 우림라이온스밸리 B동 B113, 114호		
홈페이지	www.book.co.kr		
전화번호	(02)2026-5777	팩스	(02)2026-5747

ISBN   979-11-5987-322-5 03810 (종이책)   979-11-5987-323-2 05810 (전자책)

이 도서의 국립중앙도서관 출판예정도서목록(CIP)은 서지정보유통지원시스템 홈페이지(http://seoji.
nl.go.kr)와 국가자료공동목록시스템(http://www.nl.go.kr/kolisnet)에서 이용하실 수 있습니다.
(CIP제어번호 : CIP2016029051)

이은 단편 작품집

홀리 시티

'여자 이상(李箱)'을 꿈꾸는
작가 이은의 판타지 작품선

북랩 book Lab

CONTENTS

66

난 나타스 66.

이곳에 온 지도 몇천 년이 지났지만 아직도 내 일을 못 끝내고 있다.

나는 고향으로 돌아가야 한다. 사랑스런 우리 가족들이 기다리고 있으니까.

임무를 수행하기 위해서 머나먼 우주를 건너 이 푸르뎅뎅한 물 많은 별에 온 것이 어제 같은데 이렇게 빨리 시간이 가 버리다니. 게다가 일이 성공할 듯하다가도 실패하곤 해서 지금까지 못 떠나고 있다. 머나먼 길이다.

내가 온 곳은 글쎄 설명할 수 없다. 이 지구와 같지 않아서 말해도 모를 게다.

지구에 올 때 내 임무를 금방 끝내리라고 생각했었다. 처음 인간의 숫자가 적을 때는 모든 일이 수월했다.

한 사람에게 접근한다. 그리고 다른 인간에 대한 증오와 질투, 미움을 일으키면 자동으로 손에

무기를 들고 상대방을 죽였으므로 금방 반으로 줄어들었다. 이쯤 들었으면 내 임무가 무엇인지 알았을지도 모르겠다.

그런데 몇몇 약삭빠른 인간들이 글쎄 하나님께 축복을 받고 난 다음부터 그 숫자가 아주 많이 늘어 버렸다. 바닷가의 모래알같이 많은 자손을 번성시켜 준다는 약속을 받았다. 그 후로 내 일은 더욱 힘들어졌고 할 일도 많아졌다.

그래서 인간에 대해서 연구하기 시작했다.

먼저 해부학. 피부, 음, 털이 달렸군. 그 속에는 근육과 뼈, 피……. 별거 아니다. 그런데 이것만 가지고는 움직이지도 말하지도 못하는데. 그 무엇인

가가 있는 거야. 보이지 않는 것. 뭘까?

인간을 없애려면 심장을 뚫어서 피를 빼거나 머리를 잘라 버리면 된다. 아니면 공기가 들어가지 못하게 한다.

과거에는 인간들끼리 서로 죽였었다. 그러나 인간들의 아이큐가 높아지기 시작해 버렸다. 서로서로 함부로 죽이지 않도록 법이라는 걸 만들더니 사람을 죽이지도 않을 뿐더러 곡식 따위로 잘못을 용서받았다. 급기야는 하나님의 아들이라는 예수가 나와 다짜고짜 사랑을 외쳐대지 않았던가?

정말 고난의 연속이었다. 사랑의 힘이 인간을 사로잡는 순간 인간의 에너지는 엄청나게 부풀어 올라서 감히 내가 접근도 못하게 되어 버렸다.

인간들은 그들이 서로 만날 수 있는 길을 만들더니 시간까지 절약하게 자동차를 만들어 버렸다. 안 보이지만 서로 정보를 나눌 수 있는 방법까지 터득했다. 게다가 그들의 음식까지 충분하게 생산해 내는 것이 아닌가? 수명도 길어져 버렸다.

도저히 과거의 방법으론 안 된다. 나는 고민했다. 내가 일일이 간섭하지 않아도 자동으로 그들을 죽여 버릴 수 있는 방법을 찾아야 했다. 인간에 대한 심도 있는 연구가 필요했다.

몇 가지 알아낸 것이 있다. 그들은 하나님이 주신 성품이 있어서 죄를 지으면 괴로워한다는 거다. 그리고 즐거움을 찾는다는 거다.

좋은 방법을 생각했는데 그들의 즐거움을 통해 죄의식을 심어 놓으면 서서히 망가져 가다가 자기뿐 아니라 주위 사람들도 죽여 가는 거다. 난 손가락 하나 까딱하지 않고 임무를 수행할 수 있다. 그리고 나의 집으로 가는 거다.

이것도 다 영특한 인간의 아이디어에서 따온 것이다. 내가 이 별에 올 때부터 있었던 지긋지긋한 바퀴벌레를 잡는 인간들에게서 배웠다. 미끼에 독을 넣는 것.

그때부터 난 미끼를 찾았다. 인간이 좋아하지만 육신적으로나 정신적으로 독이 되는 것을.

과거에는 보름달의 빛을 받은 거미줄, 박쥐의 날개, 고양이의 왼쪽 눈알……을 넣어서 내가 직접 만들었다. 그러나 이제는 그럴 필요가 없다. 영특한 인간들이 직접 만든다.

엄청난 독이 나오는 재료를 종이에 말아 그들의 입에 넣고 불을 지핀다. 그들은 즐긴다. 서서히 몸은 망가져 간다. 아무도 모르게 봄이 오는 것처럼. 싹이 돋아야 비로소 봄이 왔다는 것을 깨닫는 것처럼.

간에 특효는 단연 술이다. 종류도 가지가지다. 지치고 힘든 몸에 넣으면 더욱더 효과는 만점이다. 과거에는 여자들이나 아이들은 피했는데 요즈음은 좋아한다. 어릴 때부터 독약을 넣어야 인간

사회에 더 많은 영향을 미칠 거다.

또 지키지 못할 법들을 더욱더 많이 만들게 해서 인간들의 마음속에 죄책감을 집어넣는 거야. 그 죄의식은 독 기운으로 서서히 퍼지지.

인간들은 돈을 좋아하니까 이런 독약들을 만드는 사람에게 돈을 많이 벌게 해 주는 거야. 그들도 돈 생각을 하느라고 그들에게 주어진 시간을 느낄 여유를 빼앗기는 거지. 눈 깜짝할 사이에 인생이 지나가는데도 돈을 위해 시간을 다 써 버리면 깨달을 때는 이미 늦어. 돌아갈 시간이지. 그러면 모든 인간이 이 지구상에서 서서히 청소되는 거야.

그런데 이상한 인간들이 있어. 도대체 즐기질 않

고 하나님께 기도만 한다나? 옛날에 내가 아주 질
렸던 예수 말씀을 따른다나? 예수는 자식도 안
낳았는데 그런 새끼들이 어디서 나왔는지 몰라.
자기나 그렇게 살지, 남도 그렇게 살래.

　도대체 내 임무는 언제 끝나는 거야? 내 사랑하
는 가족은 언제 만나고. 모르겠다. 내일 또 인간
을 없애는 방법을 생각하기로 하고 오늘은 이만
자야지.

스파게티

몸의 변화를 느꼈다. 오랫 동안의 해후에 대한 기다림도 이제는 희미해졌다.

확신했던 시절이 있었다. 정말 그날이 오리라는 믿음. 그러나 지금은 솜털만한 희망만을 마음 한 구석에, 혹시나 땅 위로 싹이 솟아오를까 두려움과 기대에 뒤섞인 슬픔으로 묻어두었다.

한 달 전쯤 마카로니가 이곳으로 올 때 넘쳐났던 환희의 분수를 기억한다. 드·디·어 그날이 왔구나!

마카로니는 시큰둥했다. 그는 그날에 대한 기대도 꿈도 없었다. 나조차도 그날에 이루어질 그 '영광'을 감 잡을 수 없었다. 그러나 그가 그날을 위해 여기에 보내졌다는 것을 오랜 기다림의 열정으로 알 수가 있었다.

그 이후 아무런 사건이 없었다. 나의 몸의 변화를 알아챈 건 요즈음 들어서였다. 내 정수리 위에서 변화가 일어났다.

한동안 스멀스멀한 느낌이 들었다. 대수롭지 않게 넘어갔다. 그러나 그것은 나의 변화를 알리는 전조였다. 매끄럽고 윤기 있던 몸도 이제는 쭈글쭈글해졌다. 머리 위에서는 연두색의 새싹이 돋으려 하고 있었다.

내가 고향에 있었을 때 대지는 나에게 속삭여 주었다.

네 머리 위에서 싹이 돋아 새 생명을 준비하기 전이 네가 큰일에 쓰이는 그 '영광'의 순간이야. 네가 이 세상에 태어나 가장 쓸모 있게 쓰일 수 있는 때지. 그러나 싹이 나 버리면 그땐 이미 늦어. 너는 다음 세대를 위해 너의 몸을 희생해야 돼.

난 그때부터 기도했다. '영광'의 순간을 볼 수 있

게 해달라고. 그 '영광'이 어떤 모습으로 다가올지 알지 못했지만 그 순간이 인생 최고의 순간이 될 것이라는 것만은 어렴풋이 알고 있었다.

그러나 그 순간을 기대하면 할수록 기다림은 너무 가혹했다. 하나의 위안이라면 그날을 기다리는 친구들이 있다는 것이다.

나의 사랑 토마토. 그녀가 처음 이곳으로 왔을 때 초록의 풋풋한 얼굴로 인사하던 것이 머릿속에 생생하다. 지금은 그녀도 그날을 기다리고 있다. 처음에는 나의 말이 터무니없다고 놀려댔다. 그러나 지금은 기다림에 지친 나의 위로자가 되었다.

이탈리아에서 마카로니가 우리에게 왔을 때 그

가 메시아라고 생각했었다. 출중한 외모에 태생까지도 예언에 쓰인 대로 지중해 지방이었으므로.

우린 파티를 열었다. 그 일이 이루어질 것이라는 크나큰 기대를 가지고.

그때 나는 몸이 좋았었다. 자르르 흐르는 윤기, 그리고 탱탱한 백옥 같은 피부를 자랑하고 다녔다.

정작 파티의 주인공은 영문을 몰랐다. 왜 자신이 오자마자 파티 고깔을 쓰고 터지는 축포의 종이 색깔 끈을 머리에 감아야 하는지 이유를 알지 못했다.

그는 음악을 좋아했다. 그가 온 후 치즈 가루, 토마토, 미트볼, 마늘, 나 양파를 모아서 축제를 열

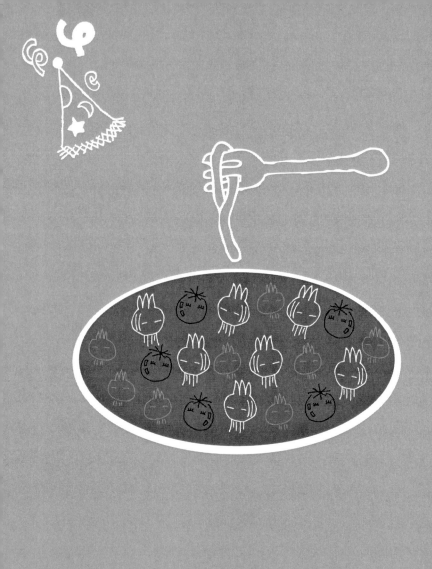

어 주었다. 음악과 춤, 그리고 기쁨이 있었다. 언제 올지 모르는 그날을 기다리며 꾹꾹 쌓아 두었던 기나긴 세월의 긴장이 잠시나마 눈 녹듯 녹았다.

마카로니의 파티에서 나의 사랑 토마토 그녀와 춤을 추었다. 그녀도 이제는 탄력 잃은 붉은 얼굴로 변해 있었다. 그래도 예뻤고, 나의 탄력 잃은 피부에 비하면 좋았다. 오랫동안 그날을 기다린 같은 처지이기 때문에 그렇게 보였는지도 모른다. 나와 그녀의 모습이 그날을 기다리다 그만 이렇게 되고 말았다.

그렇다고 그동안 아무것도 안 했다는 것이 아니다. 사랑을 했고 절망하고 있는 마늘과 미트볼에게도 희망을 불어넣어 주고 있었다. 치즈 가루가 자신의 임무는 그 일이 아니라고 이곳을 뛰쳐나가 다른 일을 하고 돌아왔을 때 방황에서 붙잡아 준 것도 나였다.

설사 그날이 오지 않더라도 난 나에게 주어진 시간을 감사하고 기쁨으로 보냈다는 사실만으로도 만족할 수 있었다.

마늘은 그날을 두려워했다. 그날 그는 크게 쓰일 것이지만 자신이 산산이 쪼개져야 한다는 예언을 가지고 태어났다. 그래도 그는 그 영광의 날에 쓰이길 원했다. 그도 머리 위가 푸르스름해졌다. 그도 늙었다.

미트볼은 항상 변함없이 의연했다. 의지가 강

했다. 그날이 올 때까지 절대 변하지 않으려고 몸을 똘똘 접고 있었다. 무슨 일이 일어날지도 모르는 그날을 위해 준비하고 있었다. 그를 만들어 준 사람이 너는 장차 큰일을 하게 될 것이라 알려 주었다.

어젯밤 꿈을 꾸었다. 천사가 나의 머리를 만져 주며 아름다운 곳으로 이끌어 가고 있었다. 좋은 꿈이었다. 그날이 과연 도적같이 오늘 올 것인가?

어느 날과 같이 냉장고 문이 열렸다. 그날이 온 것이 틀림없었다. 나의 마음속은 고동치고 있었다. 한 번도 느껴 본 적이 없는 설렘이었다. 나는 꿈속 천사가 그랬던 것처럼 이끌려 나가고 있었다.

예리한 칼은 나의 속살을 파고들었고 나는 끊임없이 다져졌다. 산산조각이 났다. 뜨겁게 달궈진 냄비 속에서 고통스러웠지만 나의 사랑하는 토마토 그녀와 함께였으므로 나는 참을 수 있었다.

그렇게 기다리던 메시아! 올리브기름이 부어졌다. 우리 모두 하나의 완성을 위해 메시아의 기름 부음이 필요했다.

부족했던 하나하나가 모여 그것을 위해 자아를 벗어 버렸고, 그 숭고한 일을 위해 우리는 섞였다. 거기에는 이미 너와 내가 없었고 하나가 되었다. 세례 요한이 예수님을 세례했을지도 모르는 그 물과 함께 끓었다. 드디어 완성이었다.

　하얀 접시 위에 있는 토마토, 그녀의 붉은 살점들은 아름다움을 넘어 거룩함이었다. 마카로니의 붇고 풀죽은 모습에 우리들의 짓이겨진 그 어우러짐이 발려져 오랜 세월의 기다림에 종지부를 찍었다.

　"엄마, 이 스파게티 정말 맛있어."

　"우리 아가, 얼른 많이 먹어라. 엄마가 만들었단다."

세상에서 가장
차가운 손

전화벨은 불길함을 담고 있었다. 용기를 내기 위해 큰 숨을 쉰 그녀는 전화기를 들었다.

불길함은 현실로 다가왔다. 지하철에서 걸려 온 동생의 소식이었다. 그녀가 준비해 놓은 아침을 가

녀린 손으로 억지로 먹고 나가던, 눈빛이 흐려진 동생이 머리를 스쳐갔다.

동생은 수많은 날 잠을 이루지 못했었다. 동생은 도움을 필요로 했다. 그러나 아무에게도 말하지 않았다. 겨우 그 전날 그녀의 언니에게 말했던 것이 전부였다.

희망찬 새해의 태양이 동해에 떠올랐지만 K 박사는 아직도 술잔을 기울이고 있었다. 벌써 오래 전 혼자 살게 된 그의 얼굴에는 알코올의 발자국이 낙인을 찍어 놓았다.

그는 명목상 ○○ 병원의 원장이었다. 환자가 없

었으므로 명목상이었다. 그의 삶이 알려지자 환자들은 하나둘 떠나기 시작했고 이제는 아무도 도움을 청하지 않게 되었다.

한 번 쏟은 물은 주워 담을 수 없었다. 그 결과 모두를 감수해야 했다. 동생에게는 장애가, 가족들에게는 공포와 슬픔, 고통이 주어졌다.

네 번째 손가락에는 금반지가 끼어져 있었다. 그녀는 주인으로부터 떨어져 나와 얼음에 둘러싸여 창백하다 못해 푸르스름한 손을 들고 가고 있었다.

세상에서 가장 차가운 손이었다.

K 박사는 엘리트였다. 그의 화려한 경력이 그것을 말해 주고 있었다. 그의 이름 앞에는 항상 수석이 붙어 다녔고 모든 것을 선택할 수 있었다. 게다가 출중한 외모는 뭇사람들의 존경의 대상이 되었고 뭇 여성에게 최고의 신랑감이었다. 환자들은 그에게 수술받기를 원했다.

기나긴 인생의 시간 중에 중요한 순간은 태어나는 순간, 사랑의 순간, 깨달음의 순간, 죽음의 순간이다. 그녀는 그 시간에 버금가는 중요한 시간을 맞이하고 있었다.

그 할아버지의 할아버지, 또 그 증조할아버지의

할아버지가 그때 그 순간 거기 있었으므로 지금 이 자리에 있어야 할 태고의 인연으로 예정되어져 있는 한 번도 본 적이 없는 그분을 우주의 세월에 비해 볼 때 찰나인 이 순간 이 공간에서 만나야 한다는 것을 깨달았다.

보기 드문 긴 연휴였다. 도시는 적막이 감돌았다. 사람들은 예수 그리스도가 탄생한 그날 밤처럼 고향으로, 고향으로 돌아갔다.

회색 아스팔트의 도시는 인간의 체온이 어우러져야 생명이 불어넣어진다.

K 박사는 병원을 정리하기 시작했다. 35년간 박사의 숨결이 배어 있는 수술 기구며 약품들, 이미 고인이 되어 버린 단골 환자분의 차트, 과거에는 최첨단이었던 논문까지 이제는 정리되어야 할 시간이었다.

백 년 전의 명의는 지금 명의가 아니다. 그때는 그것이 최선이었지만 그 당시 상상치도 못할 새로운 패러다임들이 선택되고 과거의 비과학적인 치료법들이 도태되어졌다. 백 년 후에도 지금의 많은 방식들이 원시적이 될 것이다. 자랑할 것이 없다. 시공이 바뀌면 모든 것이 달라질 테니까.

정리는 뒷전인 채 자신의 삶 65년의 필름을 돌려 보고 있었다. 사랑이 아닌 습관적인 이유만으

로 했던 행위들이 얼마나 많았던가. 후회가 밀려
왔지만 인간은 시간의 지배자가 아니므로 뒤돌려
그 시간으로 갈 수가 없다.

　그때의 그 일은 처음부터 잘못됐었다.

　"눈에는 눈, 이에는 이."

　고대 시대의 법대로 한다면 의사들은 팔다리 하
나쯤 없는 것은 예사이고 애꾸도 속출할 게다.

　그녀가 동생의 손과 동생을 데리고 이 병원 저
병원을 전전하는 동안 모두들 가족과 색동옷을
차려 입고 세배를 다니고 있었다. 의사들도 가족
이 있고 명절이 있어야 했다.

  초조한 시간은 지나가고 있었다. 앰뷸런스는 귀성객의 차에 막혀 옴짝달싹할 수가 없었다. 그녀는 꿈이기를 바랐다. 빨리 이 악몽에서 깨어나게 해 달라고 빌었다.

  가능성은 희박했다. 회복되지 못할 것이라는 절망이 뇌리의 저편에서 뻘겋게 꿈틀거리며 올라오고 있었다. 동생이 그럴 수밖에 없었던 이유를 찾아 뇌 속의 뉴런들이, 학자들이 평생을 바쳐 발견한 물질을 내뿜으며 연결되고 있었다.

  얼마 전 그녀는 꿈을 꾸었다. 집에 물이 들어오고 있었다. 물은 1층을 다 채우고, 가족들은 2층으로 피하고, 2층 전체가 집에서 떨어져 나와 강 위로 뗏목이 되어 흐르고 있었다.

이유는 무엇일까?

동생은 결혼을 앞두고 있었다. 남들 보기에 그 결혼은 억지가 많았다. 겉으로는 모든 것이 평탄했다. 그러나 결혼을 결정한 사람들에게 보이는 무엇인가가 빠져 있었다.

그것 때문인가? 아니면……

K 박사는 날을 새지 않았다. 항상 시간이 되면 병원에 나갔다. 간호사와 환자의 발길이 끊긴 지 오래된 텅 빈 병원을 일 분도 틀리지 않는 정시에 출근했다.

그의 명성이 전국을 휩쓸었을 때 사들인 건물이

었다. 벽이며 먼지 하나까지 박사와 관련되지 않은 것은 없었다.

머릿속의 파노라마는 그칠 줄 몰랐다. 나와 함께했던 직원들은 지금 무엇을 하고 있을까? 한때 나의 가족이었던 아내는?

핸드폰의 알람은 정오를 가리키고 있었다.

그녀는 포기했다. 겉으로는 동생을 위로했지만 시간이 너무 지났다는 것을 직감적으로 알 수 있었다. 손의 정맥은 막혀 가고 신경은 말라 갔다. 손가락의 반지만이 수 천 년간 간직했던 금빛을 찬란히 발하고 있었다.

앰불런스 기사는 담배를 꺼내어 물었다. 꺼져 가는 희망의 불씨를 살리겠다는 의지로.

라디오에서는 아침에 일어난 지하철 사고 소식과 교통 혼잡을 말하고 있었다.

전에 근무하던 병원 이야기를 꺼내기 시작했다. 그녀의 귀에는 그저 윙윙거리는 소음으로만 들렸다.

기사는 차를 돌렸다. 인적이 드문 길로 들어서고 있었다. 큰 건물의 병원이었지만 인적이 없었다. 그녀는 영문을 모르는 채 따라가고 있었다. 오래 전부터 예정되어진 일처럼.

아무도 없었다. 기사는 박사님을 연신 불러댔지

만 아무도 대답하지 않았다. 한참 만에 희끗희끗한 머리에 풀린 눈, 붉은 코를 한 분이 가운을 풀어헤친 채 천천히 내다보고 있었다.

기사는 작은 소리로 한참 설명을 했다. 박사는 거절하는 것 같았다. 칼을 놓은 지 너무 오래되었다는 이유로.

그녀를 흘끔흘끔 쳐다보고는 기사에게 연신 거절했다. 절망의 늪 속에서 허우적거리며 돌아 나오는 그녀의 뒷모습은 세상에서 가장 작아 보였다.

박사는 다시 돌아와 정리를 하기 시작했다. 수술 기구들을, 책을, 서류들을 박스에 차곡차곡히

담았다. 다시 쓰이지도 못할 것들을 왜 이렇게 소중히 담는지 이해할 수 없었지만.

그는 자신의 손때가 묻고 닳아 손의 일부같이 느껴지는 수술 기구를 무의식중에 다시 꺼내 소독기에 넣고 있었다.

과거에는 굶주린 군인들을 맞이해야만 하는 정신대처럼 의무적으로 치료할 때가 많았다. 그러나 지금은 아니었다. 오랫동안 딴 곳에 썼던 눈에서는 뜨거운 물이 스며 나오고 있었다.

이제 곧 수술 준비는 끝날 것이다. 한 가닥 한 가닥의 신경을 붙이고 한 개 한 개의 혈관, 그리고 근육을 곱게 꿰맨 후 피부를 눈에도 잘 안 보이는 가는 실로 바늘 자국 없이 아름답게 붙여서 하나님이 처음 만들어 주신 대로 멋지게 회복시켜 줄 것을 다짐했다.

여태껏 사랑 없이 치료한 그의 죄들을 참회하면서 그가 해 본 적이 없는 큰 사랑을 불러 모아 정신을 가다듬고 마음속 기도를 끊지 않으면서 수술에 임하기를 원했다. 마지막의 기회라는 듯이.

박사는 거울을 보며 자신의 풀린 눈과 빨개진 코를 온기 없는 찬물로 씻고 또 씻었다. 푸른 수술복을 단정히 입고 거울을 보며 옷매무새를 고쳤다. 수십 년 동안 수술의 기억을 간직한 손을 바라보았다.

뜨거운 온도에서 소독을 끝냈다고 소독기는 비명을 질러댔다. 박사는 손수 수술대를 준비하고 마취 기계며 무영등이며 모든 기계를 점검하며 뜨거운 기구들을 늘어놓았다.

그는 환자를 보냈다는 것을 생각해 내고는 정신이 번쩍 들었다. 무의식중에 수술 준비를 끝내고 사슴을 사냥하려고 발톱을 날카롭게 세운 사자처럼 수술할 자세를 하고 있는 자신이 우스워졌다. 환자가 없는 수술이라니. 혼잣말로 중얼거렸다.

인기척은 없었다. 아까의 인기척은 너무 오랜만의 일이라 술이 만들어 낸 환각이라고 생각했었다.

그녀는 간절히 바라고 있었다. 그녀의 동생을 회복시켜 주기를. 말하지 않아도 알았다.

사람은 언어가 아닌 것으로 말한다. 언어는 부

정확하다. 표현이 부정확할 수도 있고, 의도적인 거짓이 섞일 수도 있다.

그러나 박사는 자신이 그 일을 하기에는 너무도 타락했다고 생각했다.

기사는 다시 자매를 태우고 어디론가 가고 있었다. 출산을 앞둔 마리아가 당한 거절처럼 거듭될수록 다급해져만 갔다.

그녀는 언제부터인가 자신이 동생의 손을 들고 있지 않다는 것을 깨달았다. 잃어버린 것이다! 마땅한 병원을 찾아도 이제는 소용이 없었다. 기억을 더듬었다. 기사는 거쳐 온 병원을 모두 찾아갔다.

그 허름한 병원, 거기에 두고 왔었다. 사람이 하나도 없었던 그 병원.

다시 돌아간 그곳은 달라져 있었다. 눈에 광채가 되살아난 의사가 서 있었다. 조금 아까 본 사람임에 틀림이 없었는데 달라져 있었다.

그녀와 기사는 생전 처음 수술 조수를 했다. 동생의 손이 붙여짐에 따라 박사와 그녀의 마음의 조각이 퍼즐처럼 맞춰 들어갔다.

수술이 끝나고 그들은 모두 울었다. 그 눈물은 슬픔의 눈물이 아니었고 회복의 눈물, 치유의 눈물, 사랑의 눈물이었다.

시민 R

시민 R

나는 시민 R이다.

그것도 아주 선량하고 모범적인 시민이고, 이 세
계엔 없어서는 안 됐었다.

내가 이런 것을 강조하는 이유는 나의 생명이
얼마 남지 않았기 때문이다. 그러니까 내가 죽을

때가 가깝기 때문이다.

나는 살아 있을 동안 하루도 빠짐없이 운반 일을 했다. O_2를 받아다가 필요한 사람들에게 나누어 주곤 했는데 항상 다른 셀을 만났다. 젊은 셀, 늙은 셀……

어떻게 아느냐면 내가 O_2를 건네줄 때 빨려 들어가듯 쉽게 받아들이면 그게 젊다는 증거다. 그들은 O_2가 많이 필요해서 우리 친구들은 몰려다녔었다.

친구 이야기가 나왔으니까 말인데, 우리는 알 수 없는 이유에서 생겨났고 우리가 태어난 곳은 지금처럼 자유로운 곳이 아니었다. 폐쇄된 공간, 그리

고 기름 냄새 풍기는 일종의 공장이었다. 우리들
은 거기서 일생 동안의 임무를 수행할 수 있도록
훈련되었고 또 몸매를 가꿔야 했다.

내 속에 있는 아집과 탐욕들이 점점 제거되었
다. 급기야는 자아를 버리고 오직 이 세계를 위해
서, 그리고 한 치의 오차도 없이 일을 해낼 수 있
게 우리는 철저히 바뀐 거다. 강물의 급류와 완만
한 물결에 순응하도록 몸매도 고쳐졌다.

난 처음 변화된 내 모습에 흠칫 놀라곤 했다. 아
집과 개성이 홀랑 빠져 버리고 달걀귀신 같은 모
습에 익숙해지기까지는 오랜 시간이 필요했다. 그
리고 박제를 만들듯이 내 몸 속에는 어떤 물질이
꽉 들어차 버렸는데 임무에 중요한 역할을 한다고

했다. 나중엔 그걸 어떻게 쓰는 건지 알았지만 처음에는 몰랐다.

일생의 많은 시간이 준비를 위한 시간이었다. 그리고 나에 대한 준비의 시간이 끝났을 때 누가 가르쳐 준 것도 아닌데 내가 할 일을 본능적으로 알게 되었다.

나보단 세계만을 위해 살아야 하는 게 내 운명이라고 생각하니 어딘지 모르게 서글픔이 있었다. 그래도 하나 위안이 되는 건 나와 똑같은 일을 하는 내 친구들이 있다는 거다.

내가 만들어진 곳에서 처음 강물로 나왔을 때 환희는 잊을 수 없다. 답답하고 움직일 수 없는 공간, 혹독한 단련의 시간을 넘어서 난 새로운 세계를 보았다. 아름다운 상이었다. 다성다삼하고 따뜻했다. 게다가 울려 퍼지고 있는 그 경이롭고 웅장한 음악은 상상해 본 적도 없었다.

아름다운 강은 알 수 없는 힘에 의해서 흘러갔다. 그 힘은 경이로운 음악에 맞춰 폭발적으로 강물을 움직이고 있었다. 나는 훈련된 몸동작으로 강물에 몸을 맡기고선 임무 수행을 준비하고 있었다.

강에서 시내로, 결국은 아주 좁은 선착장 같은 곳에 이르러 우리는 첫 경험을 했다. 이 세계에서 볼 수 없었던 천상의 아름다움을 지닌 O_2 여러 개가 몸으로 들어오고 있었다. 우린 서로의 가슴이 부풀어 오르는 우스꽝스런 모습을 보고 웃었다.

참으로 경이로웠다.

내 일이란 이런 거였구나!

우리들의 몸은 환희로 붉어졌는데, 그녀의 모습도 참 보기 좋았다.

우린 이 세계에서 가선 안 될 금지된 장소가 있다는 걸 단련 기간을 통해 배웠다. 그리고 우리가 살고 있는 세계 저편에 또 다른 차원의 세계가 있다는 걸 아는 것도 공공연한 비밀이었다.

우리가 젊었을 때 동경했던 외계를 잠시나마 본 적이 있었는데, 동료 중 하나가 밖으로 나갔으나 더 이상 살 수 없었다. 이 아름다운 세계에서 보호받지 못한 그는 싸늘한 외계에서 말라 죽어 가고 있었다. 어디선가 다가온 복구반은 외계로 뚫린 구멍을 차단했다. 엄정남 속도로, 눈 깜빡할 사이에 외계로 향하는 문은 차단되었다.

우리는 외계를 동경했었다. 멋진 신세계, 이렇게 어둡지 않은 세계, 더 자유롭고 되고 싶은 모든 것이 이루어지는 세계라고.

그러나 현실은 아니었다. 그 틈 사이로 아름다운 빛을 언뜻 보았지만 그곳은 춥고 우리가 살 수 없는 곳이었다. 그곳은 신의 세계이자 우리와는 맞지 않는 세계였다.

우리는 한때 우리가 왜 태어났으며 태어난 의미는 무엇일까에 대해 토론하느라 날을 지새웠다.

이 세계의 필요에 의해서 하나의 부속품으로 만들어졌다는 의견은 참을 수 없었다. 그중 마음에 드는 것은 하나님이 사랑하셔서 날 이 세상 속에 태어나게 하셨다는 것이다.

그러나 아무도 그 정답을 몰랐다. 그저 막연히 어떤 힘이 나를 태어나게 했고, 자라게 했으며, 생명을 유지하게 했다는 걸 알 뿐이다.

처음 임무를 수행하고 우리는 힘들었지만 기쁨과 감사가 넘쳤다. 일이 점점 익숙해지자 부담이되지 않았다.

우리들은 우리와는 다르게 살고 있는 많은 삶을 지켜보았다. 우리처럼 맨몸으로 다니는 것이 아니라 버스를 타고 다니는 족속들도 만났다. 자기 혼자선 움직이지 못하고 버스를 타고 다녔다. 버스는 고급 연료로 움직이는데 이 세계에서 전부를 제공했고 머나먼 길을 갈 수 있었다.

그 친구들은 우리와는 전적으로 달랐다. 위대한 시민이었다. 우리도 그렇게 되길 원했으나 어쩔 수 없이 강의 흐름을 타고 다닐 뿐이었다. 우리는 감히 생각지도 못한 크기의 거대한 몸짓과 무시무시한 입을 가지고 침입자들을 잡아먹는 놈들이었으며, 몸에 온갖 치장을 엄청나게 해댄 이들도 만났다.

젊었을 때 우리는 그 화려함이 부러웠다. 밋밋하고 왜소한 우리의 모습이 부끄럽기까지 했다. 그래서 조그맣게 달린 장식을 한껏 세우고 다니곤

했다.

우린 웅장한 음악이 시작되는 곳, 그 엄청난 힘의 근원에 다가간 적이 있었는데, 상상할 수도 없었던 굉장한 힘에 넋을 놓고 소용돌이치는 강물에 몸을 맡기고 있었다.

한때 사랑을 했었다. 그녀는 나와 같이 만들어진, 아니, 탄생된 R0007이었다. 나와 같은 강물을 타고 나와 같은 일을 했다. 우리는 꼭 붙어 다녔다. 그래서 외롭지 않았다. 아마도 나 혼자 평생이 일을 하라고 했으면 못했을지도 모른다.

나와 꼭 같고 같은 일을 하는 그녀를 만나 행복했었다. 그녀가 O_2를 받아 올 동안 난 옆에서 기다렸었다. 부풀어 오른 가슴과 상기된 얼굴이 예뻤다.

그 웅장한 급류에서 우리는 그만 서로를 놓치고 말았다. 나는 한동안 일을 할 수가 없었다. 그저 강의 흐느적거리는 물결에 몸을 맡기고 울고만 있었다. 오랫동안이었다. 일할 아무런 의미도 발견할 수 없었다.

그런 어느 날 내게 섬광과도 같은 영감이 떠올랐는데, 그건 아마도 그때 그들이 말하던 하나님으로부터 온 게 틀림없었다. 그 친구도 어디선가 나와 같이 슬픈 강을 공유하고 있다는 생각이 들었다. 그래서 난 물결로 들어가기 위해 나섰다. 그 물결이 그녀를 만날 수 있게 해 주리란 생각이 들었다. 그래서 이 세계 모든 곳을 열심히 다니리라

마음먹었다.

　혹시나 그녀를 볼 수 있을까 하는 생각으로 그 이후 난 많은 경험을 갖게 되었다. 저장 창고 셀, 공장 셀, O_2 외 다른 것을 탐닉하다 죽은 친구들, 더러운 강물 때문에 정신을 잃고 죽을 뻔했던 일⋯⋯.

　그러나 그녀를 만나지는 못했다. 아마도 지금쯤은 그녀도 죽음을 앞두고 있을 거다. 볼 수는 없지만 어딘가에 있다는 생각만으로도 이젠 만족한다.

　우리가 젊었을 때 동경했던 다른 세상은 과연 우리의 존재를 알 수 있을까? 나의 탄생과 죽음의 의미까지는 아니라도 내가 살아서 이 세계에 충성

을 다했다는 사실만이라도 깨닫고 있는지 모르겠
다. 내가 외계에서 일어난 일과 의미들을 모르고
죽듯이 그들도 나를 모를 것이다.

이젠 갈 시간이다.

내가 죽어도 나의 심장과 몸의 조각들은 어디에
선가 쓰일 거다. 젊었을 때 모든 물질들은 그대로
있다고 배웠다. 다시 말하자면 난 죽어도 죽지 않
는다는 것이다. 이 세계에서건 외계에서건 누군가
의 가슴속에 남아 있을 것이다. 내 몸의 모든 부
분과 부분이 모두 다른 새로운 모습으로 생겨날
테니까.

안녕.

홀리 시티

겨울이 지나면 봄이 오듯

이 선거는 다가오고 있었다. 열린나라당의 모사들

에게는 지난번 선거 패배의 기억이 뼛속부터 스며

나오고 있었다. 쓸개로부터 올라오는 씁쓸한 맛을

느꼈고 안 좋은 기억을 잊게 해 준다는 약을 연거

푸 먹어댔다.

이번에도 카리스마 넘치는 히어로는 없었다. 소 돔과 고모라성에 의인 열 명이 없어서 멸망했듯이 투명하고 적합한 인물은 찾기가 힘들었다. 길다면 긴 70년의 인생을 살 동안 경쟁자의 흠이 될 만한 한 가지 어두운 사건이 없는 사람이 누가 있단 말 인가?

자신만의 깊은 기억 속에, 김장독을 땅속에 묻어 놓듯이 파묻어 놓아서 썩은 냄새가 날까 두려워 차마 열어 보지도 못하고, 버리지도 못하는 자신의 의식과 기억에서도 지우려고 노력하는 그런 것. 인간은 그런 것이다.

자신은 그렇지만, 현실도 그렇지만 다른 사람에 대해서는 神의 잣대를 가지고, 인간 이상의 기준을 가지고 평가들을 한다. 상대 당도 당연히 비슷했다. 인간이니까.

여론 조사의 결과도 오차 범위 내에서의 차이였다. 선거 당일의 선거율, 날씨, 참여하는 계층이 과연 누구인가에 따라서 결정될 터였다.

슈퍼컴퓨터는 수많은 변수들의 데이터를 입력하여 답을 얻는 데만 몇 개월이 걸렸고, 어느 쪽이 승리한다는 정확한 답을 얻어내는데 실패했다.

유명하다는 역술가들도 각기 의견이 분분했다. 나중에 승리하는 당을 점쳤던 역술가는 유명해지고 고객이 늘 것이다. 둘 중에 하나였으니까 힘들지 않았나. 들린다고 치더라도 사람들은 웃고 말 것이다.

고전적인 방법이 있기는 했다. 상대편 당이 도저히 생각해 내지 못하는, 대다수의 유권자들에게 어필할 수 있는 정책을 공약으로 내세우는 것이다.

공약은 실제 시행하지 않아도 된다. 현실성이 없을 수도 있으니까. 국민들은 자신들 살기에 바빠서 곧 잊어버린다. 선거 후 달력 몇 장 뜯어내면 어떤 공약을 했었는지 기억을 못한다. 내가 선택한 후보가 실정을 하더라도 돌이킬 수가 없는 것이다.

우주로 쏘아 오른 인공위성처럼 올라가면 돌게 되어 있다. 우리나라 유권자 과반수 이상이 연관되어 있고 파생적인 문제를 일으키는 이슈, 그들의 가슴을 후벼 파고 눈물을 흘리게 하는 심각한 문제들을 찾아내는 것이 핵심이다.

다행히도 이번 선거 캠프에 물건들이 많이 영입되었다. 동물적인 방향 감각과 후각, 예리한 통찰력, 과대 포장과 사탕발림, 집단 최면을 이용한 첨단 광고 기술, 실제와는 전혀 다른 원하는 모습으로 변화시키는 이미지 메이커들, 흑색선전, 상대 후보의 딥 스로트, 스캔들을 귀신같이 찾아내는 조직들이 포진하고 있다.

벌써 상대 당은 우리 당의 약점 냄새를 맡은 것

같았다. 아주 사소한 사건을 몇 백배로 불려 매스컴 플레이 하는 일에 익숙해 있으므로 우리 측은 그것을 능가할 만한 더 큰 정책의 제안을 하는 부담을 떠안게 됐다.

개표하기까지는 누구도 예측할 수가 없다. 변덕스런 사람들의 마음이 어떻게 흘러갈지 아무도 모르므로.

리윤 아가씨는 어느 날처럼 자신의 아름다운 몸과 생명에 감사하면서 자리에서 일어났다.

어제와는 다르게 고운 백사장과 바다가 유리창 너머 펼쳐지고 있었다. 해가 떠오르고 있었다. 바다에서 떠오르는 해는 우리가 우주 공간에 떠 움직이는 작디작은 존재라는 것을 느끼게 해 준다.

리윤 아가씨는 오늘 약속이 떠올랐다. 어제 많은 생각을 하면서 잠들었다. 아침에 하는 따뜻한 샤워의 물줄기는 자신의 고민과 외로움을 씻어 주는 것 같아서 기분이 좋았다. 몸이 따뜻해졌다.

어릴 때부터 혼자 생활에 익숙해져 있었다. 한 번도 본 적이 없는 부모님은 일찍 돌아가셨다고 했다. 할머니가 후견인이었지만 실질적으로는 유모가 키워 주었다.

어린 시절을 지내고 계속 수석으로 학교를 졸업한 후 미국으로 유학 가 있었던 리윤은 할머니가 위중하시다는 기별을 받고 어제 급하게 귀국했다. 할머니는 필생의 사업을 마치고 이제 이틀 후 선거일에 맞추어 테이프 커팅만을 앞둔 시점에서 백세의 나이로 침대에 고요히 누워 계셨다. 이미 장기는 모두 기증이 되어졌고 유언에 따라서 장례 절차도 없었다.

아침 식사 시간을 알리는 유모의 벨소리에 현실로 돌아왔다. 오늘은 약속이 있고 해결해야 할 일이 산더미였다. 아침은 모던한 식탁 위 견과류와 신선한 야채, 과일들로 마치 예술 작품처럼 차려져 있었다. 벌써 밖에서는 기사가 리무진을 대기시키고 있었다.

연구에 몰두했던 며칠 전과 이렇게 다른 삶이 기다리고 있었다니 삶이 얼마나 신비한지 몰랐다. 누가 상상이나 했겠는가.

할머니는 꿈이 컸었다. 그리고 무에서 유를 창조해 내는 신비스런 힘이 있었다. 리윤을 유학 보내고 할머니는 그 꿈을 이루셨다. 아무도 모르게.

그러나 하나님께서 부르셨다. 그분은 하나님 곁에 계시다. 모든 뒤처리를 리윤에게 맡긴 채.

식사를 마치고 정장으로 갈아입고 리무진에 올라서 비서실장에게 오늘의 스케줄을 보고받았다.

첫 스케줄, 탐정 사무소 방문.

사장의 표정을 보니 무슨 일이 있음에 틀림없다. 매사 긍정적이고 징확하고 냉철한 직감 능력에 따뜻한 매너까지. 회장은 항상 감탄하고 있었다.

인생의 마지막 몇 년은 참으로 달콤한 것이다. 회장은 얼마 안 남은 인생을 즐기고 있었다. 젊은 시절과는 다르게 인생을 객관적으로 바라볼 수 있게 되었다.

회장은 평생 사장처럼 완벽한 사람을 보지 못했다. 체력이며 인물이며 아이큐, 이큐까지 처음 입사 면접 때부터 눈에 띄었다. 첫눈에 알아보았다. 평생 끈이 맺어지게 될 것이라는 것을.

사장에게 모든 것을 맡기고 강물이 보이는 사무

실의 출근은 아침마다의 여행이었다. 출근길이 왜 그렇게 경이롭던지 사업에 몰두할 때는 지나치는 산이, 강물이 그렇게 아름다운지 한 번도 알지 못했다.

외로움? 경영? 주가? 내가 모르는……?

하루 이틀 독신이 아니었으니 새삼스레 그럴 리는 없다. 회사 문제인 게 틀림없다. 오늘 저녁에 사장을 좋은 데로 데려가야지.

회장은 회사에 출근하지 않아도 되었다. 회사에 와서 하는 일은 자신의 팔십여 년 일생을 되돌아보고 외부적으로 알려진 업적 말고 마음속 깊은 곳에서 흘렀던 남들이 눈치 채지 못했던 생각들,

행동을 하게 되었던 배후의 의도들과 사건들을 시시콜콜 하나하나 기록하는 것이 고작이었다.

로고만 보아도 세계인들이 이름을 알 정도의 큰 다국적 기업을 키운 화려함 뒤에서 선하지 못한 의도로, 다른 사람을 해칠 정도는 아니라도 기업의 이익을 위해서 알게 모르게 또는 의도적으로 사람들의 행복과 유익을 방해한 적도 있었다.

이런 일에 대해서 매일매일 마음속으로 깊게 사죄했다. 아마도 회장이 죽으면, 물론 그럴 리는 없겠지만, 기록을 없애 버리려는 시도가 실패한다면 이 기록들은 실명이 거론된 사람들의 엄청난 비밀을 알고 싶어 하는 대중들의 호기심을 채워 주기 위하여 상상을 초월한 가격으로 출판사에 계약될 것이다.

현대 사회에서 주체할 수 없는 피 흘림들, 60억 중 반인 여자 30억, 그중 반이 매달, 몇 일간의 피 할 수 없는 그 엄청난 피의 손실들을 착안하여 창업을 하고 키워 나간 회장은 많은 사람들의 선망의 대상이 되었다. 불편함을 편리함으로 바꾸는 아이디어로 좀 더 흡수가 잘 되고 활동에 불편하지 않도록 다양한 모양으로 제품의 개선을 거듭하여 거대한 기업으로 키워 놓았다.

이십만 년 전의 호모 사피엔스는 피의 문제를 어떻게 해결했을까? 쏟아지는 피들을 어떻게 했을까?

아니다, 쏟아지는 피는 없었다. 사람들은 항상 자기에게 익숙한 것을 모든 사람에게 적용시킨다. 지금이 그러면 과거에도 그랬겠거니 하고. 가임 연령이 되면 항상 임신이었고 수명이 짧았으므로 피흘림은 없었다. 회장은 과거에 없었던 블루 오션이 펼쳐진 것을 알아냈던 것이다.

아방가르드한 생각을 사람들에게 인식시키기까지는 오랜 시간이 걸리지 않았다. 행운은 어느 날 갑자기 전혀 예상치 못한 곳에서 찾아온다. 신은 사람의 예측을 깨는 전혀 예상치 못한 방법으로 뜻을 이루신다.

젊은 혈기가 충전하여 아이디어만 가지고 사업에 뛰어들던 시절, 사람들은 변하고 있었다. 눈이

진화하여 가로등처럼 앞으로 튀어나오고 수영할 수 있게 손에 물갈퀴가 생겨난 것이 아니고, 생각이 변하고 있었다는 것이다.

이제 더 이상 결혼은 아기를 출산하기 위한 이유가 되지 않았다. 아기는 없으면 안 되지만 많으면 부담으로 인식되었다. 국가에서는 다산하는 국민을 부담스럽게 생각했고, 일부 종교의 반대의 목소리에 귀를 막은 채 불임 시술을 장려하기에까지 이르렀다. 이러한 인식의 변화가 회장을 재벌의 대열에 올려놓았다.

조혼과 다산을 복으로 여기던 과거 시절엔 사용할 수 있는 헝겊이 전부였다. 회장은 흡수력이 좋은 재료를 넣은 종이로 하여 일회용을 만들어 내었다. 여성들이 활동하게 된 새로운 세계는 폭발적인 수요를 창출했다. 사회 활동을 하지 않았던 여성들도 생활의 편리함을 위해 선택하게 되었다. 사용자들의 모니터링에 의해서 모양과 기능들을 개선했다. 후발 주자들이 따라나섰지만 이미 회장의 상표는 고유명사화 되어 버렸다.

끊임없는 필요에 의해서 많은 부가 축적되었다. 그 부는 회장 개인적으로는 어린 시절의 순수와 마음의 청결, 진리에 대한 목마름과 의에 대한 굶주림을 희미하게 하기에 충분했다.

회장은 마음만 먹으면 무엇이든지 할 수 있는 위치에 서게 되었다. 은밀하게는 회장만이 아는 경쟁 업체를 죽이기 위한 비열한 방법들이 경영 전략이라는 멋진 이름하에 버젓이 자행되었지만은 사회적으로는 명사였으며 기업을 세계적으로 키워 낸 것에 대한 존경과 부러움의 대상이 되었기에 많은 젊은이들이 회장을 따랐다.

40년이나 차이가 나는 사장도 그 젊은이 중 하나였다. 그의 눈동자를 처음 본 순간 억겁의 인연이 연결되어 있음을 본능적으로 느꼈다. 자신의 대를 이을 사람, 피 한 방울 섞여 있지는 않았지만 영혼이 연결된 것 같은 그. 회장이 눈동자의 맑은 깊이와 열정을 읽어 내는 데는 오래 걸리지 않았다.

회장은 자신을 돌아보았다. 사회생활과 재산에 대한 집착으로 얼룩져 버린 자신의 모습이 좋게 느껴지지 않았다. 그도 이제는 육신을 내려놓을 때가 된 모양이다. 자신이 더러우면 더러울수록 다른 이의 더러움을 인성하기 힘들고 순수한 것을 찾는 것이 사람의 마음인 것이다.

선거가 다가왔다. 기업은 선거를 잘 치러야 한다. 사장이 전갈을 보내 올 시간이 되었다. 오래 살면 많은 것을 저절로 알게 된다.

미소를 머금고 항상 아름다운 모습의 비서가 노크를 했다. 사장님의 전갈을 가지고.

사장은 그룹의 정문 앞에 차를 대기시켜 놓았다. 하루하루가 예전 같지 않은 육신을 이끌며 밖이 훤히 내려다보이는 엘리베이터를 타고 내려가면서 지옥으로 가는 길은 이렇게 아래로 내려갈

것 같다는 생각을 했다. 물론 올라갈 때는 천당으로 가는 길이 그럴 것이라고 생각하지만.

사장은 항상 온화하고 예절 바르고 정중했다. 다른 야심에 찬 젊은이 같으면 벌써 그를 뒷방 늙은이로 밀어 놓고 자신의 야망과 욕심을 충족시켰을 것이다. 회장은 혜안으로 자신과 같지 않은 맑은 영혼의 소유자를 후계로 삼은 것을 신께 정말 감사했다.

사장은 회장을 뒷좌석에 태우고 곱게 자동차 문을 닫은 다음 자신은 앞자리에 앉았다. 보디가드이자 기사는 이미 어디로 가야 하는지를 알고 있었다.

어두워지면서 멋진 노을이 만드는 도심을 달려 차가 도착한 곳은 레스토랑의 룸이었다. 방에는 이미 화려한 상이 차려져 있고 사장이 알고 있는 남자가 기다리고 있었다. 그동안의 밀월 관계에도 불구하고 당이 살기 위해서 회사에 누를 끼칠 수밖에 없다는 전갈을 가지고.

사장은 지금 선거 공약이 될지도 모르는 정책이 회사를 무너뜨리기에 충분하다고 판단했다. 이 정책을 막기 위하여 반대 당이 공격할지도 모르는 우리 회사와 당이 모두 연결되어 있는 비리를 덮는 데 총력을 기울이는 것밖에는 달리 할 수 있는 것이 없었다.

상상을 넘어선 자금이 들어간, 특혜가 있지 않고는 도저히 이룩할 수 없는 도시 하나 크기의 큰 리조트 홀리 시티. 반대 당은 낌새를 차리고 있었다. 심상치 않은 냄새가 난다는 것을 알아차렸다.

해안을 낀 도시 하나를 전부 갈아엎어서 최고의 자재와 최고의 아이디어로 건축한 홀리 시티는 개인의 재산이나 노력으로는 이루어지기 어려웠다. 누가 보아도 최고 권력자의 비호와 최고 재력가의 도움이 있었다는 것을 알 수 있다.

개장 직전인 그곳에 지금 무슨 일이 일어났다는 정보가 입수되었다. 이 사건이 공개될 경우 그 파도에 누가 빠져 몰락을 하게 될지 아무도 예측을 하지 못했다. 그러나 당에서는 이 사건이 공개된다는 최악의 사태를 가정하고 그 파도를 진정시킬 수 있을 만한 정책을 준비하고 있었다.

우리 그룹이 지원을 아끼지 않던 당이 새로 구상한 정책이 우리 그룹을 일시에 없앨 수도 있는 것이라는 기획 전략팀의 브리핑을 듣고 정치의 위력을 익히 잘 알고 있는 사장은 고민에 빠졌다.

당은 선거에서 이기기 위해서 우리 회사와의 오랜 인연을 끊어 버리고 그 공약을 이틀밖에 남지 않은 선거 이전에 발표할 것이 거의 확실했다. 자신의 안락한 위치와 지내 온 시간들을 바라보지 않을 수 없었다.

회장과의 식사는 사장을 불편하게 했고, 기껏해

야 탐정을 고용해 홀리 시티의 비리가 드러나지 않
고 일어난 문제가 소리 소문 없이 덮어지도록 하
는 것이 고작이고, 자기 육신의 아버지보다 더 사
장을 사랑해 준 회장이 키워 놓은 그룹을 다음 대
에서 꽃피워 보지도 못하고 막을 내려야 하는 것
이 죄스럽기만 했다.

그 많은 임직원과 가족들은 실업으로 일시적으
로나마 방황을 하게 될 것이다. 그러나 곧 자신만
의 길을 찾아낼 것이다.

회장에게는 자신이 키워 온 기업의 몰락이 더
이상 큰 문제가 되지 않았다.

십 대들은 에너지가 넘친다. 방향만 좋으면 인류 선제에 엄청난 혜택이 돌아간다. 반대의 경우에는 몇십 년간 많은 사람들이 이루어 놓은 모든 것을 파괴시킬 만한 가공할 파괴력을 지닌다.

자신의 평생을 걸고 연구한 학자들의 논문과 통계는 결손 가정의 자제들이 문제가 많다고 한다. 결손이 될 만한 유전 인자를 지닌 부모여서 그럴 수도 있고 결손 상태의 불협화음 영향으로 그럴 수도 있다.

부모가 좋아서 자신을 세상에 낳아 주고는 서로 왜 그런 일이 일어났는지도 모르는 것처럼 책임을 회피해 버리는 것에 청소년들은 당황했다.

결국 부부의 문제인데 부부의 결속이 단단하지 않으면 불륜, 이혼, 향락 산업, 매춘의 문제, 스와핑, 인구의 감소, 늦은 결혼, 노령화 사회로 이어질 수 있으며…… 사회에 파생되는 문제가 거미줄처럼 얽혀 있어서 어디서부터 풀어야 할지 몰랐다.

정권의 창출과 당의 사활은 이 법안에 걸려 있었다. 상대 당은 이미 우리 당의 비리에 대한 증거를 찾은 것 같았으므로 그 비리를 극복하고도 남을 만한 핵폭탄처럼 강력한 법안이 필요했다.

전 국민의 결혼 생활이 즐겁고, 절대로 싸우거나 헤어질 일이 없으며, 최고의 사랑과 기쁨만이 있을 수 있도록 국민 의무 교육과 여러 단계의 과정을 거쳐서 모두 행복하고 파생되는 문제를 최소

한으로 줄이는 건강한 국가, 튼튼한 사회를 만들어 가는 법안.

결혼 예측 전문가, 고대의 결혼 예측 프로그램 궁합인 사주에 정통한 명리학자, MBTI 등 인성 검사 전문가, DNA 애널리스트, 목사님, 신부님, 법력이 높으신 고승, 부부 문제 전문 상담가, 비디오 부부 대화 이혼율 예측 프로그램, 부부 클리닉 정신과 박사들로 구성된 위원회를 구성하고, 전 국민의 데이터베이스로 만 18세가 되면 사주와 별자리 점술, 혈액형, 인성 검사 결과, 본관 등을 토대로 가능성이 있는 사람들을 100명가량 추출하고 며칠간 100명과 10분씩의 대화를 하며 매 시기마다 모든 대화의 기록이 비디오 촬영되고 분석되며 예측되어진다.

전문가들의 모니터링하에 가장 적절하다고 생각되어지는 배우자 후보 10인을 선정해서 정규적인 만남을 갖게 하고, 모니터링을 통해서 적합도 점수가 가장 높은 경우 결혼 적합자로 판명이 나면 범국가적으로 일 년에 2회 결혼의 날 메리 데이를 정해 동시에 결혼을 시행한다.

출산을 장려하고 낙태를 금지하여 사랑의 감정을 통제하는 호르몬이 소실될 24개월이 지나면 전국적인 보건소에서 호르몬을 부스터하고, 극비리에 상수도에 행복한 느낌이 나게 하는 약을 상시적으로 푼다. 사회적인 불안 척도를 측정하고 불안이 커지면 PPM을 높인다. 일정한 사랑과 기쁨의 수위를 조절할 수 있도록 항상 타이터를 유지 시킨다. 물론 법안은 국민들의 구미에 맞도록 잘 포장되어야 하고 몇몇의 구체적인 일들은 은밀하 게 시행되어야 한다.

결혼을 하지 못하는 사람은 없을 것이다. 외로움 도 없고, 결혼을 위해 시간을 낭비하는 일도 없을 것이며, 항상 만족스러운 나날들이 지속되므로 자 녀들도 안정된 삶을 살 수 있고, 불만족에서 오는 사회적인 부작용인 향락 산업들 모두가 자연스레 없어질 것이다. 유흥가로 불려 나갔던 처녀, 총각 들이 다 집으로 돌아올 것이고, 부모들은 기뻐 눈 물을 흘릴 것이다.

장애우, 노총각, 노처녀, 결혼하고 싶었으나 할 수

없었던 모든 사람들, 자식의 결혼을 걱정해야 하는 부모들. 모든 표는 우리 당의 표가 되는 것이다.

피 흘리는 사회는 끝이 났다. 더 이상 불필요하게 피를 낭비하지 않아도 되는 것이다. 그로 인해 파생된 모든 사업들의 에너지를 더욱 좋은 쪽으로 돌릴 수 있을 것이다.

이 아이디어를 만들어 낸 위원회는 선거 직전까지 비밀을 지키기에 당으로부터 엄청난 보상을 약속하고 격리 수용되었다.

리무진이 멈춰선 곳은 중심가 오피스 빌딩으로 1층 유명 레스토랑은 아침임에도 많은 사람으로

붐비고 있었다. 수많은 사무실이 있고 이름도 딱히 탐정 사무소가 아니어서 찾을 수 없었다.

리윤을 수행하던 비서실장은 연락을 취했고, 얼마 안 있어서 엘리베이터에서 나온 직원과 몇 마디를 나누더니 리윤을 안내했다. 모던한 초고속의 엘리베이터는 셋을 곧바로 사무실에 데려다 놓았다. 몇몇 인증을 거친 후 리윤은 밀실로 안내되었다.

심플한 외부와 달리 방안은 고급스러웠다. 빌딩숲이 아래로 펼쳐지고 스카이라인이 보이는 곳이어서 전망대에 온 느낌이었다.

고급스러운 이태리 대리석 바닥에 표범가죽이 덮여 있는 크리스탈로 만든 의자와 예술품 같은 크리스탈 조각상들이 받치고 있는 크리스탈 테이블. 비밀이 없는 것처럼 모든 것이 투명했다. 탐정이 필요한 사회는 흥신소를 최고 소득지의 대열에 올려놓았다.

훤칠한 키, 영화배우라고해도 손색이 없을 만한 섬세한 얼굴, 총명하고 진실한 눈, 오랜 시간 훈련으로 다져진 몸매, 넘쳐 나는 매너. 리윤은 잠시나마 자신이 여기에 온 이유인 복잡한 문제를 잊고 있었다.

"사건에 대해서 얘기해 주시겠습니까?"

이미 알고 있었지만 확인 차 묻는 그의 말에 현실로 돌아왔다.

리윤은 외국에서 연구 중이었다. 연구 테마는 '사람으로 하여금 행동하고 선택하게 하는 것은 무엇인가?'였다. 이 프로젝트의 응용 범위는 엄청난 것이어서 그 연구 결과에 눈독을 들이는 기업들이 줄을 서 있었다.

갑작스레 위독하시다는 할머니의 소식으로 연구를 접어두고 귀국하게 되었다. 할머니는 리윤에게 엄청난 숙제를 남기고 돌아가셨다. 임종도 지키지 못하고 비서실장으로부터 간단한 이야기만 들었다. 모든 일의 청사진을 아는 것은 할머니뿐이었다. 모든 사람들이 부분적으로 알았을 뿐이고 그냥 맡은 일만 충실했다.

오픈이 이틀밖에 남지 않은 테마 파크. 할머니는 도시 하나를 테마 파크로 만들어 놓는 대단하고 엄청난 일을 해내셨다. 비록 죽음이 그 결과를 보지 못하게 했지만.

조용히 넘어갈 수도 있었다. 미지의 인물이 도시 하나를 갈아엎어서 테마 파크를 만들었다. 그러나 감춘 것은 드러나게 마련이라는 것을 증명이라도 하는 듯 사건은 일어났다. 테마 파크의 개장을 앞두고 직원 내정자들을 선별해서 직접 체험해 보고 미흡한 점을 고쳐 가기로 한 것이다.

테마 파크의 전체적인 윤곽은 아무도 몰랐다. 하늘나라의 할머니만이 아실 것이다. 왜냐하면 테마 파크는 표지판이 없는 미로로 되어 있었다. 유일한 단서들은 성경책이었다. 성경 테마 파크 '홀리 시티'였으므로.

"테마 파크를 체험 차 다니던 사람들은 모두 실종되었습니다."

리윤의 말에 탐정은 고개를 끄덕였다. 이 일이 알려질 경우 테마 파크의 이미지에 영향이 있을 것이다. 오픈 전에 왜 이런 현상이 일어났는지 어디에서 일어났는지 알아내 하루 내에, 내일 개장식 전에 오류를 수정해야 했다.

할머니가 원망스러웠다. 어릴 때부터 모든 인간적인 사랑을 배제했다. 오직 신의 인도만을 의지하도록 교육시켰다. 리윤에게 성경이 어떻게 살아야 할지에 대한 유일한 지침이었고 예수님의 사랑만이 사랑의 전부였다.

리윤에게는 차가운 사랑이 아니라 끈끈하고 따뜻한 인간 냄새 나는 사랑이 필요했다.

할머니가 마무리 짓지도 못할 일을 벌여 놓으시고 손녀에게 나머지를 숙제로 남기고 하늘나라로 가셨다.

하늘로 쭉 뻗어 오른 아름드리 나무들이 좌우 빽빽이 서 있는 길은 계절에 따라 그 길을 지나가는 사람들을 감동시키고, 새로 만난 두 사람이 자신이 살아온 삶을 어느 정도 다 나눌 때가 되면

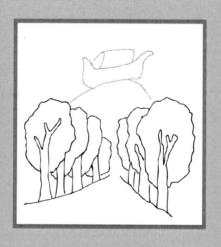

그 산책길은 끝나서 어마어마한 규모의 미로가 있고, 잘 통과한 사람들만이 펼쳐진 연초록의 골프장을 볼 수 있다.

골프장은 예수 믿는 사람들을 핍박하다 결국은 예수님을 전파하는 삶을 살게 된 바울 사도의 여행 코스와 예수님의 이적지들을 그대로 재현하여 많은 사람들이 매 홀마다 그 지점에서 일어났던 사건과 이적들에 대한 설명을 천사의 복장을 한 안내자들에게 들을 수 있었다.

골프장 뒤로 광야를 만들었고, 뒤쪽 산으로 올라가면서 에덴동산을 본뜬 나체 삼림욕장이 대규모로 펼쳐지며, 산 정상 중심에는 노아의 방주를 본뜬 전망대와 카페, 천문대가 있었고, 네 개의 수로

가 산을 따라 내려왔다. 너무 높아서 멀리서도 바로 앞에 있는 것처럼 보이는 우뚝 솟은 내양 백색의 66층 성은 대규모 회의나 호텔로 이용되었다.

그랜드볼룸은 요한계시록의 성을 형상화하여 온갖 보석들로 치장되었고, 요한계시록의 내용들은 벽화나 천장화로 그려 넣었다. 바닥은 모두의 모습이 환히 비쳐 보일 수 있을 만큼 반짝이는 순금으로 깔았다.

레스토랑들도 모두 성경 테마를 따 왔다. '가나의 혼인 잔치', '엠마오에서', '만나와 메추라기' 등 숙박을 할 수 있는 룸들은 룸마다 모두 다른 성경 테마로 호화찬란하게 꾸며져 있었다.

건물의 실내 옥상에는 구약에 기록되어 있는 왕
들의 조상이 늘어서 있고, 역시 앞의 단추를 누르
면 그 왕들의 홀로그램이 왕의 시대상을 보여 주
고 설명도 친절하게 해 주었다. 이 중앙의 건물 좌
측으로 바벨론, 페르시아, 아시리아, 그리스, 로마
등의 문화 유적지를 복원하였고, 우측으로는 이집
트의 피라미드를 형상화하고 그 내부 역시 숙박
시설로 이용했다. 로비에는 모세와 요셉의 삶을 표
현해 놓았다.

산을 넘어서 해안이 보이는데 이곳은 예수님의
갈릴리 호수, 베들레헴, 예루살렘을 재현해 놓았
으며 모두 레스토랑이나 만남의 장소로 정해졌다.
해안선을 따라 지하와 해저 터널에는 '요나의 체험'

이라는 자가용 세척장이 있고, 이 코스를 지나면 집 짓기 체험장과 헤안기 모래성이 있었다.

도시 하나 전체가 성경을 주제로 하는 휴양 시설 테마 파크였다. 길은 숲 속에 있는 미로였으며 아무런 표지판도 없었다.

리윤과 탐정이 홀리 시티 입구의 산책길을 찾아 간 건 그렇게 오래지 않았다. 모든 감정을 배제하고 냉철함과 이성적 판단을 하도록 키워진 리윤에게도 안개가 자욱이 덮여 있는 홀리 시티의 모습은 마음속 깊은 곳에 있는 무언가를 움직이게 하는 묘한 것이 있었다.

안개 사이로 더욱 신비하게 멀리 우뚝 솟아 있

는 태양 빛의 성은 아득하기만 했다. 게다가 들어서기는 했지만 일직선의 가로수 길이 끝나고 나타난 안내문 없는 미로는 리윤과 탐정을 망설이게 했다.

멀리 보이는 성의 방향은 알겠지만 그곳까지 가는 길은 어딘지 모른다는 것, 매 갈림길마다 어디로 가야 할지를 선택해야 한다는 것, 조금만 틀리면 이 시급한 사안을 가진 시점에서 그 자리를 맴돌고 있을 수도 있다는 것을 이성적인 리윤은 너무도 잘 알고 있었다.

리윤은 빠른 시간 안에 홀리 시티를 샅샅이 찾아보고 실종자들을 만나서 도대체 무슨 일들이 일어났는지 확인하고 해결해야 했다. 개장이 하루밖에 남지 않은 시점이라 많은 사람을 풀어 소문낼 수도 없는 상황임을 잘 알고 있었다.

미로는 정말 아름답게 만들어져 있었다. 금으로 코팅된 바닥과 대리석 조각과 보석 장식의 벽으로 된 예술품 그 자체였다. 어느 쪽으로 가야 할지는 조각의 그림과 보석의 개수, 보석의 색들로 자신이 알아내야 했다.

탐정과 리윤은 서로 떨어지면 안 됐다. 그들도 보이지 않는 위험에 직면하여 실종자가 될 수 있기 때문에.

서로 말하지는 않았지만 둘은 신을 벗었다. 금으로 된 길의 감촉을 느끼기 위해서.

첫 번째 미로의 선택은 좁은 문이었다.

"할머니, 정말 쉽네요. 처음 문제가 좁은 문이라니."

몇 번의 실수와 제자리를 맴돌길 거듭하다 그들은 아무 단서도 찾지 못한 채 겨우 미로를 벗어났다.

물길을 따라 산으로 들어간 아담과 이브가 누렸을 법한 나체 삼림욕장에서도 아무 단서조차 없었다. 천문대와 전망대로 이용되고 있는 노아의 방주에 올라 보니 홀리 시티의 전체적인 위용이 드러났다. 숲이며 골프장, 아름다운 성, 해안가까지 평화로운 저녁노을을 머금은 홀리 시티였다.

벌써 저녁이 되었다. 망원경으로 바라보아도 실
종자의 모습은 찾아볼 수 없었디. 뒤쪽으로 보이
는 성은 너무도 아름다웠다. 숲을 헤치며 다시 아
래로 내려가면서 아름다운 성을 향했다. 그 출입
구는 진주와 보석으로 장식되어 있었다. 비판의
시각으로 보면 굶어 죽는 사람들을 모른 체하고
이런 사치스런 건물을 세운 것을 이해하지 못할
것이다.

그러나 리윤은 고인이 되신 할머니의 마음을 이
해했다. 문 하나하나에 장식한 사람의 신앙심과
기도가 스며들어 있었다.

고요한 성에 인기척은 없었다. 성경책을 형상화
한 성의 모든 방들은 하나하나가 감동이었다. 그

방에서 하룻밤 잠자는 것이 소원이 될 만큼 영감이 넘쳐 났다. 모든 방을 다 보고 싶었지만 다음으로 미루었다. 반대 당과 매스컴에서 취재를 위해 보낸 헬기 소리에 적막이 깨졌다.

이제 홀리 시티의 전부를 찾아보았다. 현실은 조급하고 실종자들은 찾을 수 없었지만 할머니가 만들어 놓은 홀리 시티의 모습을 본 것만으로도 마음이 따스해졌다. 어둑어둑해지는 하늘 아래 하루 종일 광야를 지나 온 차는 희뿌연 먼지를 뒤집어쓰고 있었고, 두 사람은 배고픔도 잊은 채 피곤한 서로의 얼굴을 연민의 눈으로 바라보았다.

아름다운 성을 빠져나가는 길은 지하로 연결되어 있었다. '요나의 체험'이라는 자동세차장인 것

같았다. 두 사람은 철수를 위해 차를 타고 지하로 가고 있었다.

자동차 세척 중에 자동으로 연결되는 음악과 멘트는 자신이 살아온 인생을 회고할 수 있도록 설계되었다. 터널 안에서 차는 자동으로 이동하였고 자신이 지내 온 시간들을 보았다. 눈으로 보는 것만이 보는 것이 아니라 머릿속으로 보는 것도 보는 것이다. 두 사람은 자신의 살아온 나날들을 감동과 슬픔, 기쁨으로 돌아보면서 긴 터널을 지났다.

터널의 끝에는 이천 년 전 욕망과 시기, 미움, 배신의 팥죽 속에서 인류의 죄 때문에 피 흘려 죽은 예수의 시체 모형이 달려 있는 십자가가 보였다. 두 사람의 젖은 눈에 찾고 있었던 실종자들의 모습이 어렴풋이 보였다.

세척과 회고의 터널 끝에 차 안에서 망연자실 앉아 있는 사람, 차 밖으로 나와 앞이 안 보여 더듬거리고 있는 사람, 추운 줄도 모른 채 땅바닥에 앉아 있는 사람들, 하염없는 눈물을 흘리고 있는 사람.

누구의 설명도 없고 이야기해 주는 사람도 없었지만 사건의 전모는 밝혀졌다. 탐정의 휴대 전화 스크린에는 방송사의 홀리 시티 관련 비리의 대대적인 보도가 분노를 뿜어내고 있었다. 투명 사회에 반하는, 권력의 비호와 분명치 않은 돈의 흐름에 대해 상상과 비난, 호기심, 악평들이 나라를 들썩였다.

실추된 당의 이미지를 회복시키기 위해 그에 이어서 당의 새로운 공약도 소개되었다. 선거 하루 전, 국민들은 한 번도 들어 보거나 생각지 못했던 공약에 미래 사회에 핑크빛 희망을 가지고 비리를 말끔히 잊어 주었다.

검은 비로도 같은 하늘이 펼쳐지고 36,500일간의 인생길 기억만큼이나 많은 별들이 홀리 시티의 하늘을 수놓았다. 그 하늘 아래 내일의 후보들도, 공약에 마음 부푼 사람들도, 선거와 관련 없는 모든 사람들도, 동물들도, 나무들도, 모두 모두 잠들었다.

　권력의 비호 아래 부적절한 돈으로 아무도 모르게 리윤의 할머니를 도왔던 회장은 하늘의 부르심을 받았고, 사장은 회장의 자서전 기록을 회장의 관에 고이 넣어 드렸다.

　결혼 정책이 현실이 됨에 따라서 짝을 못 찾아 외로워하는 사람이 없어졌고, 더 이상 수요가 없어진 제품의 생산을 접은 사장은 많은 진통 끝에 회사를 정리해야 했다. 사장은 홀가분한 마음으로 홀리 시티에 찾아오는 많은 어린이들에게 설명을 해 주기도 하고, 미로를 벗어나는 데 조언을 해 주기도 하는 의미 있는 인생을 살았다.

　사랑이 무엇인지 도무지 알지 못했던 리윤은 탐정의 도움으로 해결의 실마리를 찾았다.

　모두 모두 자신의 짝을 찾아서 헤어짐 없이 행복하게 기쁘게 잘 살았다. 더 이상 아픔과 외로움, 피 흘림 없는 사회가 이루어졌다.

Password

　　　　　　　　연일 TV에 오르내리고
인터넷 검색 순위 1위를 도배하고 있는 핫뉴스는
세계적인 성서해석학교수 유명한 박사의 실종사건
이었다. 그가 학계에서 전설적인 교수이고 외국에
그의 이름이 잘 알려졌다는 것만이 뉴스를 뜨겁게

달구는 이유는 아니었다. 항간의 관심은 그의 수조 원이 넘는 재산과 유일한 혈육인 손녀 유난희에 쏠렸다. 아무런 단서도 없이 실종 40일이 지났다. 사람들은 재산을 노린 납치 과정에서 쓸쓸히 죽어 갔을 노교수를 안타까워했다. 그의 수제자 나명석 교수는 유 교수를 어릴 때부터 따랐고 함께한 추억이 친부모 이상이었다. 유 교수는 잃어버린 아들 대신으로 따뜻한 사랑으로 대해 주었다. 유명한 박사의 연구실은 그의 맑은 성격만큼이나 깔끔하게 정돈되어 있었다. 책상 위의 시편에 대한 논문은 최근 연구 분야를 가르쳐주고 있었다. "성경의 다른 어떤 책에서도 시편처럼 다양한 종교적인 체험이 표현된 곳은 없다……" 그저 평범한 내용이었다. 참고서적들이 여러 권 있었고 컴퓨터는 켜져 있었다. 명함첩에는 다 친분이 있는 같은 분야의 교수들이었지만 특이하게도 컴퓨터의 세계적인 권위자 전자공 박사의 명함이 눈에 띄었다. 교수님의 친구였을지도 모르는 전 교수는 연락이 되지 않았다. 누군가에게서 온 소포를 들고 온 난희의 예쁜 눈은 부어 있었다. 할아버지 걱정으로 밥 먹듯 우는 것이 일상이 되었다. 비디오테이프가 들어있는 소포를 두려움 반, 기대 반으로 펴들었다. 겉에는 명석만 보아달라는 당부가 유 교수의 친필로 써있었다. 납치범의 희생양이 된 추위와 굶주림에 떨고 있을 노교수의 모습을 떠올리며 비디오를 틀었다. 화면에는 너무 건강해 보이고 행복해 보이는 유일

한 박사가 이야기하고 있었다.

자네도 알다시피 난 70평생을 성서와 함께 살아왔네. 처음엔 성서에 쓰여있는 글씨들은 그저 단어 배열에 불과했었지. 자네도 알다시피 근간 내 연구는 시편이었네. 많은 사람들이 자기의 체험을 문자로 남기려 했었지. 그런데 문자엔 한계가 있었다네. 그 황홀함, 그 감동의 눈물, 그 기쁨과 가슴 설렘, 뱃속에 흘러넘치는 생수의 강, 이 모든 것들을 글자라는 것에 담는다는 것, 그것은 무리였네. 그 당시는 동영상도 없었을 테니까. 감동이 그저 한 마디 말로 굳어져서 생기를 잃은 채 성서에 화석이 되어버린 거지. 난 그 진짜 의미를 읽고 싶었다네. 그래서 오래전 나의 친구 전자공 박사를 불러서 성서의 세계를 시뮬레이션하는 데 성공했다네. 전 박사와 나 우리 둘은 그 세계 속으로 들어갔다네. 우리는 무거운 배낭을 지고 숲길을 헤치고 한참을 걸었다네. 될 수 있는 대로 아무도 가보지 않은 덤불 길을 가려고 노력했다네. 뒤를 돌아보니 길이 생기더구먼.

우리는 어느 곳에 다가가게 되었는데 멀리서 보아도 알겠더구먼. 십자가라는 것. 우리가 거길 다가가는 순간 우리의 모든 짐을 내려놓게 되었다네. 그 후로 우린 가벼운 발걸음으로 여행할 수 있었네. 신은 진흙투성이가 되고 머리는 더러워졌어도 우리는 신이 났다네. 우린 산을 오르고 어떤 절벽에 다다랐는데 아래는 강이 흐르고 있었지. 그 강의 물이 높아졌다, 낮아졌다 하는 것을 보고 있었어. 그 뒤에는 구름이 덮여 있었는데 그 속으로 번쩍이는 것이 보였지. 숨이 막혔어. 우린 서로 바라보았지. 이야기를 하지 않아도 그곳에 가고 싶어 한다는 것을 깨달았지. 아름다운 성이었어. 말로 할 수 없는 한 번도 본 적이 없는 이 세상엔 없는 보석들로 만들어진 것 같았다네. 천상의 것이었지. 우린 배를 타고 그 성으로 다가갔어. 문은 잠겨 있었다네. 어쩐 일인지 그 문은 'Password'를 입력해야 열리게 되어 있었어. 우리는 그의 성이라는 걸 직감적으로 알았다네. 의논한 끝에 우리는 Password에 선행을 쳐넣었다네.

착한 일만이 그의 성으로 들어가는 유일한 길이라고 생각했지. 그러자 문이 열리기는커녕 강물이 넘쳐나서 우리는 목숨을 걸고 강을 다시 건너왔다네. 그의 문의 열쇠는 무엇일까 하고 성경을 뒤졌다네. 십계명, 베드로, 예물, 십자가, 엘리야……. 우리는 매일 그 성문 앞에서 Password를 쳤지만 매번 물벼락만 맞았지. 우리는 성경에 나오는 수많은 검색을 그만두고 자포자기한 채 아쉽지만 걸음을 돌리고 있었어. 절벽 뒤로 물러나 크고 넓은 길, 탄탄대로를 향하려고 했었지. 그러다가 내가 요즈음 연구하고 있던 시편의 한 구절이 생각난 거야. 100편이었지.

"감사함으로 그 문에 들어가며 찬송하므로 그 궁정에 들어가서 그에게 감사하며 그 이름을 송축할지어다."

바로 이거였어. 환호하면서 얼른 달려갔지. "감사함으로"라는 글귀를 넣었어. 'Thanksgiving' 바로 그거였던 거야. 드디어 그 문이 열렸어. 자네는 상상할 수도 없는 장면이 펼쳐졌네. 우리는 말을 잃은 채 입을 벌리고 서 있었어. 그 놀라움, 그 경이로움! 우리 같은 학자가 아니라 시인이 왔어야 했었지. 왜 그 옛날에 시로 표현했는지 알았네. 70이 된 내가 나이도 잊고 애들처럼 춤을 추었다네. 그의 궁정을 구경하면서 우리 입에선 찬송이 절로 나오더군. 여기까지 여행을 했다네. 이곳은 너무 아름답고 여행할 곳이 많다네. 그러니 더 이상 나와 전 박사를 찾지 말게. 그리고 자네도 난희를 데리고 들어오게. Password인 "감사함으로"를 잇지 말고.

유난희   아무래도 할아버지의 장례식 준비를 해야 할 것 같아요.

나명석   그러실 필요 없습니다. 유 박사님께서는 인생의 가장 황홀한 순간을 즐기고 계실 겁니다. (다 알고 있다는 듯이 미소를 지으며)

유난희   모든 걸 알고 있다는 듯이 이야기하시네요.

나명석   (짐을 싸며) 난희 씨도 여행 준비를 하십시오.

유난희   어디 가시게요?

나명석   여행을 떠나려고요. 가장 아름다운 곳으로. 하하하, 난희 씨는 말씀드려도 모르실 겁니다.

고양이   털 코트를 주서서 감사합니다.

감나무   열매를 많이 맺게 해주서서 감사해요.

배추   잎이 파랗게 해주서서 감사해요.

개   아름다운 꼬리를 주서서 감사해요.

살인

살인

20년 만에 내리는 폭우였
다. 강 박사는 다리가 무너지길 진심으로 바라고
있었다. 다리만 건너면 집이다. 아름다운 부인이
기다리고 있다. 아니면 번개가 강 박사의 차를 산
산 조각내기를 원했다. 마음속의 상념들이 물거품

이 된 채 어느덧 차는 집에 닿았다. 실수였다. 실
수를 깨달은 것은 그가 죽은 이후의 일이었다. 그
가 쾌유하기를 바랐다. 부양가족이 많았고 배운
것이 없던 그는 몸으로 살 수밖에 없는 사람이었
다. 그의 부인은 내 옷을 찢었다. 강 박사는 그의
몸까지 찢어주길 바랐다. 의식이 있는 것이 고통스
러웠다. 알코올과 수면제만이 그를 구원했다. 강
박사의 부인은 그를 걱정했다. 남편의 얼굴에 이제
껏 보지 못한 번뇌가 그려져 있기에. 그녀는 도무
지 도움이 안 됐다.

　강 박사는 당분간 혼자 있을 곳을 찾았다. 간단
한 짐을 꾸려 아무도 찾지 않는 곳으로 가기로 했
다. 생명이 있는 것을 한탄했다. 화가들이 부러웠

다. 그리다가 잘못 그리면 지울 수 있는 신의 장난 같기도 했다. 실수할 이유가 없었다. 그가 오늘 죽을 운명을 타고났을지도 모른다. 은둔. 아무도 강 박사를 찾을 수 없기를 바랐다. 의식이 깨어있는 순간이 지옥 그 자체였다. 마음 저 아래로부터 솟아오르는 죄책감, 괴로움. 박사는 견디어야 했다. 생명이 붙어 있기에. 며칠 후 강 박사가 있는 곳으로 뛰어든 사냥꾼에게 쫓기는 듯한 짐승 같은 인간은 이미 인간의 모습이 아니었다. 눈에는 살기가 넘쳐나고 악마의 형상을 하고 있었다. 그는 살인했다고 했다. 아내의 수술비를 마련하기 위해서. 아내를 회복시켰으나 그는 쫓기고 있었다. 괴로움과 형사로부터.

노련한 형사들은 그의 고향을 뒤져 그를 찾아냈다. 그는 마음이 편하다고 했다. 강 박사는 혼자서 싸워야 했다. 죽을 용기도 없었다. 강가에 오리들이 노는 것을 보고 있었다. 과거 희미한 기억을 되살리듯 종소리가 울려 퍼졌다. 어린 시절 교회에서의 시간이 떠올랐다. 거기일 거야. 그도 모르게 교회에 앉아있었다. 목사님과 긴 대화를 했다. 그는 용서받았다는 것을 알았다. 시간이 흘렀다. 많은 시간이 그의 조각난 마음을 맞추었다. 다 붙지는 않았지만. 그는 가족의 품으로 돌아갔다. 겸손한 마음으로 다시 칼을 들었다.

104

무오(戊午)년(1918), 종달새 하늘 높이 뜬 봄. 읍내 이 대감 댁 큰 마당에는 마을 사람들이 하나둘 모여들기 시작했다. 아름다운 초록 잎들이 산하를 덮고 축복받은 날이었다. 일찍이 이 대감님은 명절 때만 되면 백정을 불러 이

웃에게 나누어줄 고기를 준비토록 했고 출산한 이
들에게는 쌀 한 말과 미역을 보내주었으므로 마을
사람들에게 명망이 높았다.

그 날은 읍에서 가장 나이 많은 18세의 무남독
녀인 淑(숙)이 혼례를 치르는 날이었다.

어머니는 딸이 10살 되던 해에 돌아가셨으므로
할머니만이 淑에게 유일한 의지가 되었다. 할머니
는 며칠 전부터 울고 있었다. 할머니의 여행 친구
였고 놀이 친구였고 이야기를 들어주었던 손녀가
시집을 가기 때문이다. 시집은 멀지 않았다. 하루
걸음만 걸어 작은 산 몇 개를 넘어 언덕 위에 올라
서면 보이는 곳이었다.

신랑은 이미 와 있었다. 과거 경주 이씨의 스타였던 오성 이항복 대감의 후손인 신랑은 淑의 2년 연하로 계묘(癸卯)년 생이었다. 한음 이덕형의 후손이자 광주(廣州) 이씨 집안의 淑은 하루만 지나면 떠날 집을 둘러보았다. 넓은 마당은 음식 준비로 바쁘고 결혼식 준비는 다 되어가고 있었다. 문 옆에는 호피가 덮인 가마가 놓여있었고 말도 묶여있었다. 새신랑이 어떻게 생겼는지도 궁금했다. 혼례를 치른 다음 날 가마를 타고 시집으로 갔다. 한번도 일을 해보지 않았기에 물동이이기, 밥하기는 낯설기만 했고 새벽하늘 삼태성을 보고 일어나야 하는 시집살이는 고생스러웠다. 식사도 못 하고 오이로만 연명하기도 했다. 신랑은 淑이 싸준 도시락을 가지고 학교에 다녔다. 결혼한 지 한해가 지나고 시댁 주변 산은 봉화가 올라가고 난리의 기운이 감돌았다.

고된 시집살이에 적응될 무렵 바느질 솜씨 좋았던 새댁은 첫아기를 갖게 된다. 아기는 몇 년이 지나 병을 앓다가 죽고 만다. 시부모의 장례를 지낸 후 서울로 보금자리를 옮길 결심을 하게 된다. 그해는 유난히도 풍년이었다. 몇만 평의 대지에서 거두어들인 곡식을 정리해 서울로 오는 길은 새로운 것에 대한 기대와 기다리고 있는 미지의 세계에 대한 모험이 뒤엉킨 것이었다. 기차는 시누이, 시동생을 태우고 달리고 달려 서울로 갔다. 서울에서 처음 자리 잡은 곳은 과거 이항복 대감의 생가였던 종로구 필운동이었다.

신축년(1901), 소한의 찬 기운 속에서 예산읍에
있는 이 대감댁에서는 경사가 났다. 젊은 부인 숙
은 건강한 여자 아기를 순산한 것이다. 할머니는
어린 아기를 받아 기쁨으로 안아 주었다. 할머니에
겐 새로운 친구가 생겼다.

아기는 어릴 적부터 얼굴이 희고 총명하고 글도
잘 읽었다. 동네에 소문이 나자 원님은 그녀를 데
려다 놓고 글을 읽혔다. 천자문이며 명심보감을
줄줄 외웠다. 어릴 적 개를 타고 놀았고 개 귀도
파주었다. 할머니는 여러 절을 다니면 저승길이

밝다고 어린 손녀를 꼭 데리고 다녔다. 그 중 향천사의 기억은 강렬한 것이었다. 백제 의자왕 때 중국에서 공부하던 준수한 보조국사 의각 스님은 고국에서 불법을 피겠다고 생각하고 불상을 모시고 온다. 명당자리를 찾던 중 황금 까마귀가 절터를 안내해 그 산을 금오산으로 고쳐 불렀다고 했다. 그 근처 샘물에서 향기 좋은 곳, 그래서 향천사였다. 그 소녀는 할머니와 절에 가서 융숭한 대접을 받았다. 부자였던 소녀의 아버지가 절에 시주를 많이 했기 때문이다.

절에 있는 1,000여 개의 부처 중에 미래의 신랑 얼굴이 있다고 했다. 동네 친구와도 즐겁게 놀았다. 연날리기, 소꿉놀이를 하면서. 그런데 그 친구는 상투를 틀고 장가를 가버리고 그만 친구와 헤어지고 말았다. 9살 때 하늘에 꼬리가 길게 드리운 커다란 살별이 흉한 일이 일어날 것이라는 소문과 함께 하늘에 떠 있었다. 예언은 적중했다. 나라는 힘을 잃고 어머니는 돌아가셨다. 장질부사가 그 마을을 휩쓸고 사경을 헤매던 소녀는 할머니의 지극한 간호와 인삼 달인 물로 겨우 살아난다. 담배를 하시던 할머니와 화투치기를 하며 놀다가 할머니 담뱃불 붙이는 화로의 숯이 오른쪽 엄지 발에 쏟아져 발톱을 데었다.

남편은 명동의 금융회사 지배인이었고 인력거를 주로 타고 다녔으며 주말이면 부인과 항상 외식을 했다.

英(영), 둘째가 태어났다. 영재였다. 중학생일 때 폐병으로 죽었다. 부인은 하염없이 울었다. 배 타고 물을 하염없이 바라보고 있었다. 공부를 열심히 시킨 것을 후회했다.

병자(丙子)년 정월, 셋째 아들 輿을 낳았다. 시동생은 노름에 손을 댔고 결혼하여 살림 차린 부인과 같이 살지 않았다. 신여성 시누이는 결혼에 실패하는 등 뜻하는 대로 되지 않았지만 그래도 명랑하고 씩씩한 아들이 위로가 되었다.

경진년, 넷째 아들 政(정)을 낳는다. 인왕산 물은 빨래하기 좋았다. 그날따라 붐볐다. 빨래터에 방이 붙었다. 라디오를 들으라고. 라디오에서는 일본 천황의 목소리가 들렸다. 해방이었다.

얼마 후 6.25가 터져서 인천으로 피난을 떠났다.
부인은 가족과 헤어졌다. 그런데 꿈에서 어떤 장
소가 나타났다. 다음 날 그 장소에서 가족을 찾을
수가 있었다. 전쟁이 끝나고 돌아온 집은 다 파괴
되어 있었고 어려운 삶이 시작되었다. 아들 석은
카투사에서 군대생활을 하고 전쟁 때 생긴 혼혈아
들을 가르치는 영어 선생을 하고 있을 때 청송 심
씨와 결혼한다. 65년 손녀 은이 태어난다. 멀미가
심해서 멀리 가지 못하는 할머니는 옛집 자리에
지은 이층집을 거의 떠나지 못했다. 할머니는 꽃
을 가꾸고 옆에는 귀여운 손녀가 따라 다녔다. 어
린이날이면 큰 상을 차려주셨고 음식 솜씨가 좋
았던 할머니는 호박죽, 수수 전병, 탕수육 등 맛
난 걸 많이 해주셨다. 오줌싸개 손녀를 감싸주기

위해 몰래 지도 그린 요를 말려주셨고 손녀를 위해 맞는 옷을 사러 남대문시장을 가셨으며, 손녀를 때려준 선생님을 호통치셨다. 행복하고 건강하게 사시다가 2004년, 석가탄신일 새벽 4시 4분 마지막 숨을 쉬시고 영면하시다.

할머니가 좋아하신 음식: 쇠고기, 조기, 김, 스팸, 참외, 사탕, 수박, 홍삼

할머니유품: 고향 간다고 버선 속 예쁜 손수건에 싸 놓은 10만 원, 아들 친구가 준 15만 원, 아플 때까지 끼시던 금반지 2개, 자수정 반지, 아들이 영국에서 사다 준 금테안경, 세이코 시계, 큰며느리가 사준 토끼털 배자

근원을 찾아서

보건성 장관 Y는 머리가
지끈거렸다.

대통령의 총애로 장관이 되긴 했지만 어디서부
터 손을 대야 할지 통 알 수가 없었다. 보험 재정
의 적자였다. 많은 차이를 보였다. 매해 더 많이

거두어들였지만 밑 빠진 독에 물 붓기였다. 얼마 안 있이 경질될 자신의 모습이 눈앞에 아른거렸다. 옆 아파트 주민들을 어떻게 낯을 들고 볼 것인지, 어떻게 산책을 할 것인지 축하연을 베풀어준 마을 주민들의 얼굴이 클로즈업되면서 지나갔다. 남들이 알아볼 정도로 야위어갔으며 말 수도 적어졌다. 출근하는 하루하루가 지옥 같았고 하루하루도 기쁘지 않았다.

그렇게 시간은 흘러만 가던 어느 날 점심을 먹으러 간 식당 한편에 장식되어 있는 물레방아를 보는 순간 한줄기의 섬광이 머리를 스치고 지나갔다. 이런 악순환의 근원을 찾아내기로 했다. 그에게 주어진 권력과 재력을 이용해서. 국가를 아니

자신을 총애하는 대통령을 위해서. 위대한 사설 탐정을 고용했다. 일주일 후 1차 보고서를 받기로 했다. 역시 예견했던 대로 쥐새끼 같은 의사 놈들이 사기를 치고 있었다. 있지도 않은 환자를 팔아 재정을 조금씩 갉아먹고 있었다. 잡아들였다. 나쁜 놈들을 중형에 처했다.

마음에 안도감이 왔다. 그러나 재정이 좋아지기는커녕 점점 나빠질 뿐이었다. 대통령은 장관에게 마지막 희망을 걸었다. 장관은 사설탐정의 2차 보고서를 받았다. 환자들이 병원마다 미어터진다는 게 그 이유라고 했다. 장관은 왜 환자들이 많은지를 알아오라고 했다. 탐정은 바빴다. 이리저리 그 원인을 찾았다. 더럽혀진 음식, 잘못된 습관, 나쁜

기호품, 폭력, 더러운 환경, 사람들의 불행. 장관은 이제 해결의 실마리를 찾았지만 그 모든 걸 해결하기에는 역부족이라는 걸 깨달았다. 한 사람의 힘으로는.

　국민이 행복하고 서로를 사랑하게 하고, 자연을 보호해야 했다. 대통령은 납득했다. 장관이 그 모든 일을 할 수 없다는 것을. 장관은 오래 권력을 유지할 수 있었고 적자의 원인들을 없애고자 노력했다. 또 오래오래 잘 살았다.

별

별

서울 하늘에 커다란 별이 나타난 것은 오래된 일이 아니었다.

낮에는 보이지 않았고, 맑고 빛이 적은 밤에만 보였다. 처음에는 서서히 움직이는 듯 보였지만 어느 날부터는 한 곳에서 움직이지 않았다.

　서울은 다이나믹한 도시이다. 낮에 바쁜 회사원, 열심히 공부하는 학생들, 바쁜 가게 사장님, 도시 건설을 위해 힘들게 일하는 막노동자들, 망나니 같은 머리를 하고 자기연민에 빠진 노숙인들이 어우러져 아름다운 서울을 만든다. 예전 같았으면 고된 하루 일을 끝내면 회포를 풀기 위해 룸살롱이다 막걸리다 회식이라고 하면서 수 많은 회장님을 모시고 작은 연회를 즐겼겠지만 그 날 이후 저녁이 되면 오늘을, 밤하늘이 맑아 별을 볼 수 있기만을 기다렸다. 이제는 밤거리의 화려한 조명이 꺼지기만을 기다렸다. 별이 잘 보이도록 심지어 '밤 조명 끄기 국민운동연합'이라는 단체까지 결성될 정도였다. 별 관찰동호회가 결성되고 과학자들은 궤도와 무게 에너지를 계산했다.

별이 더 이상 움직이지 않았을 때 사람들은 좀 실망했다. 그렇게 크고 환한 별이 권력 충만한 정계의 중심부도 아니고 재벌가의 안뜰도 아니었으며 화려한 유흥가도 아니었고 이제는 개발에서 멀어진, 첨단과는 거리가 먼 기억나지도 않는 과거의 명성 끝자락을 겨우 잡고 명맥만을 유지하고 있는 초라한 교회의 뜰 위였다는 것. 사람들은 별을 따라서 몰려들었고 고요했던 그 교회는 매일 방문객들로 넘쳐났다.

멀리서 오랜 기차 여행 끝에 어떤 사람은 별이 보이는 맑은 밤 그곳에서 오래 묵어 여러 병원을 전전했던 병이 말끔하게 나았고 매주 타성과 습관으로 교회예배에 출석하던 교인들의 기도가 모두 이루어졌다는 이야기들이 신문 1면의 특종을 장식했다. 매스컴들은 앞을 다투어 기적의 현장을 취재하기 위해 많은 인력과 장비를 보냈다. 교회 옆에 방을 얻으려는 사람들로 집값은 치솟았고 복덕방들은 눈코 뜰 새 없이 바빠졌다. 별이 뜨는 동안 많은 사람이 빌었던 마음속 간절한 소원, 병의 회복, 사랑, 자신의 진로, 인간관계의 회복 같은 인간사의 잡스러운 모든 문제가 해결되었다. 세상사가 그렇듯이 느닷없이 나타난 별 때문에 손해본 사람들도 많았는데 그들은 어떻게 해서든지 별이 사라지게 하는 데 노력을 아끼지 않았다.

별

    사람들은 그를 의원님이라고 불렀다. 그가 국회 의원이 된 적은 없었다.

    소싯적 그가 국회의원 출마를 했던 이유에서 그를 그렇게 불렀다. 그의 꿈은 정치에 입문하여 대통령이 돼서 나라와 국민을 평화롭고 잘 살게 해주는 것이었다. 남을 도와주길 좋아하는 성품으로 심성이 고왔다. 실속을 차리지 않으니 번번이 남에게 당하기 일쑤였다. 선친을 따라 이사를 여러 번 해서인지 말투에서는 모든 지방색이 다 비쳐 나왔다. 고시공부를 여러 해 동안 했으나 사람 좋아하는 그에게는 어울릴법하지 않은 시험인지라 번번이 낙방하게 되었는데 그로 인해 느는 것은 술이요, 쌓이는 것은 담배꽁초였다. 적성이 아닌 걸 뒤늦게 깨달아 시험을 치지 않기로 작정하고 사업에 뛰어들었는데 그 성품은 바뀌지 않아 실패를 거듭했다.

길에서 우연히 누군가 만나게 된다면 며칠 안 감은 머리, 꼬인 혀, 어색한 발걸음은 노숙자로 착각했을 법도 했다.

요즈음 갑작스레 나타난 별을 더 잘 보기 위해 사람들은 모든 가로등을 꺼버려 어둡기만 하던 어느 날 거나하게 취기가 돌아 기분 좋게 노래를 흥얼거리며 가고 있는 그에게 이상한 소리가 들려왔다. 어두워 실족한 늙은 여자 하나가 물에 빠져가고 있었다. 그는 정신이 번쩍 들어 가까스로 물에서 건져드리고는 젖은 옷을 추스르며 집으로 돌아

가고 있었다. 그의 뒤를 향해 줄 것이 하나도 없지
만 소원이 이뤄지도록 죽을 때까지 기도할 거라고
낮은 소리로 말했다. 취한 데다가 구하느라 힘이
빠진 그에게는 들릴 리 만무했다.

　삶과 죽음의 균형만이 우주적인 평형상태를 가
져온다. 하지만 인간은 역사 이래 불멸을 꿈꿔왔
다. 과학자들은 인간의 불멸을 위해 많은 노력을
해 수많은 성과를 이룬 터였다. 30세 이후의 삶을
경험하지 못하던 시대를 뒤로 하고, 80세까지 아
무렇지도 않게 젊음을 유지하게 하는 시대를 만든
것이다. 과학자들의 고민은 천문학적인 연구비를
들여야 교과서에 한 줄 언급되는 조그마한 연구

성과들이 나온다는 것이었다. 지구에서 연구비 마련은 이제 한계에 다다랐다.

세계인구가 생활하는데도 지구의 자원은 부족하기만 했다. 세계 박사들의 모임에서 머리를 맞대고 논의한 결과 다이아몬드 산이 있는 행성을 끌어오기로 한 극비 프로젝트를 진행한 지 수십 년이 흘러 이제 막 빛을 보려 하는 순간이 되었다. 지구 근처로 끌어온 별을 폭파시켜 다이아몬드 파편을 수집하기만 하면 되는 단계에 이르렀다. 이 단계만 순조롭게 넘어간다면 인간의 불멸은 시간문제였다. 에덴동산 화염검으로 둘러싸인 생명나무의 길을 여는 문턱에 와 있었다. 그런데 이런 이유에서 끌어온 행성이 많은 사람의 희망이 되어 버렸다는 것이다.

밤이면 밤마다 모여 별을 보는 사람들은 늘어만
갔다. 과학자들은 별이 원래 목적을 이루기 위해
별을 싫어하는 세력, 즉 별 때문에 손해 본 사람
들을 모아 별의 경로는 지구를 향하고 있으며 그
대로 놓아둘 경우, 지구와 충돌할 수도 있다는 별
을 없애야만 하는 그럴듯한 이유를 만들어내기에
이르렀다. 그런 이론을 펴는 과학자들은 별을 좋
아하는 사람들로부터 습격을 당하기도 했다. 별을
사이에 두고 사람들은 둘로 나뉘게 되었다. 별파
와 안별파. 이제 사람들은 더 이상 별을 바라보지
않았다. 서로 싸웠다. 고급스러운 이론과 세련된
형식으로.

물에 빠진 늙은 노파를 구해준 그의 행동은 우주의 균형을 깨트려 머나먼 행성이 인력을 뒤바꿔 놓았다. 사람들이 생각해 보지도 못한 우주의 경로를 열었는데 다이아몬드 별은 원래 위치로 돌아가게 되었다. 인간 불멸의 꿈이 물거품이 되고 우주의 균형을 되찾아 주었다. 별이 원래 자리로 돌아간 이후 사람들은 원래 삶으로 돌아갔다. 별이 오게 된 이유, 또 가게 된 원인에 대해 정치가들은 청문회를 열었고 학자들은 수천 편의 논문을 썼다. 별이 가게 된 원인이 그날 밤 그의 행동으로 시작되었다는 것이 밝혀지자, 늙은 여자의 말대로 별을 제자리에 가게 한 그 남자는 대통령이 되었고 나라를 평화롭게 하고 국민을 행복하게 해주었다. 임기가 끝나서도 오래오래 행복하게 살았다.

광화문

#1

2012년, 광화문 친일인명사전 기자회견장

기자들이 인산인해를 이루어 회견장은 들어갈
수가 없었음에도 사람들은 새벽부터 들어와 앉아

있었다. 등산가에게는 히말라야 갔다 온 사람과 안 갔다 온 사람이 달라 보이는 것처럼 사람들은 그들만의 안경이 있다.

천재성 넘쳐났던 한 인간을, 영광들을 한 단어로 굴레 씌우려 한다. 우리 민족의 우수성을 알렸음에도. 기자들이 노트북에 기사를 쳐 전송하고 카메라 기자들은 연신 흐린 날씨로 인해 플래시를 터뜨려야 했다. 플래시 섬광으로 눈이 흐릿해지고 소리 지르는 목소리, 타이핑 치는 소리, 플래시 소리들로 시장에 와있는 듯한 착각을 일으켰다. 한 단어로 기나긴 다사다난한 인생을 표현할 수 있을까?

#2

무학대사, 광화문 터를 보며 흡족한 미소

경복궁 창건.

#3

닌자가 칼을 씻으며 나오는 경복궁

을미사변(乙未事變), 1895년 음력 8월 20일.

때는 바야흐로 조선 말기다. 닌자가 광화문 담을 넘어서 피 묻은 칼을 하늘에 치켜들어 잘려나간 보름달에 한 번 비추어 보고는 등에 집어넣기가 무섭게 살육에 지친 피곤한 몸을 이끌고 사라진다. 광화문 앞은 천둥과 번개, 비바람이 치고 낙엽 흩날려 겨울을 부르고 겨울의 눈은 새봄을 손

짓하여 만물이 만들어진 이후의 모든 일을 보고 있있던 북악산(北岳山)은 기억을 지우려 하지 않은 채 푸르름에 가득 차 묵묵히 경복궁을 내려다 보고 있었다. 영겁의 시간 동안 앞으로 얼마나 많은 일이 일어나겠는가? 서울은 그 후로 많이 변하였다. 선한 눈의 하얀 옷을 입은 사람들 사이에 제복을 입은 사람들이 보이기 시작했다.

#4

장 진사댁

장 진사는 사랑방에서 글을 읽다가 청명하고 상쾌한 봄날이라 산보를 하기 위해 마당을 나서는데 하늘을 보니 넓적하고 처음 보는 구름이 지붕 위에 떠 있는 것이었다. 하도 신기하여 계속하여 바라보고 있었다.

"이리 오너라."

대문 밖에서 부르는 소리가 있어 나가보니 옥색 도포를 입으시고 수염을 기르신 대감께서 버선발로 서 있었다.

"내 날이 하도 좋아 관아 대청에 서 있는 데 기이한 구름이 떠가기에 신도 신지 못하고 이리 버선발로 따라와 이 집에 머무니 실례를 무릅쓰고 이리 청하오."

장 진사는 비범하게 보이는 손님을 집으로 모시려 하였으나 극구 사양하여 돌아가시고 하늘을 보니 구름은 온데간데없었다.

저녁에 아내에게 이야기를 들려주있다. 호피기 덮인 가마를 타고 장 진사에게 시집온 지가 어언 수년이 지났지만 아기 울음 들리지 않는 적막한 집이었다. 가끔 들르는 시주승이 귀자를 얻으려면 부처님께 큰 시주를 하고 매일 한가지씩 적선해야 한다고 했다.

원래 인품 높은 장 진사라 명절 때만 되면 동네 집집마다 쌀 한 말과 고기 한 근씩을 나누어 주던 터였다. 주위에 장진사의 명망이 자자하였다. 기이 하게도 곧 아기가 들어서 명년에 귀자가 태어났다.

#5

1910년, 한일 합방 J의 돌잔치

우리 애기 뭘 집나 보세. 붓을 집었구먼. 큰 한학자가 되겠구먼. 모두 기뻐하며 사진을 박는다. 뛰어들어오는 머슴. 일본인이 들어온답니다. 근심 어린 어른들.

#6

일제시대

닭이 일본인 집으로 들어간다. 한국 사람들은 일본인 집 앞에 서 있다. 5살 된 J는 일본인 집에 들어가 일본어로 통역하여 닭을 꺼내온다. 마을 사람들이 고맙다고 한다.

#7
견기고 교실

칼을 찬 일본인 교수가 가르치고 있다. 교수가 일본인 학생에게 질문한다. 답이 충분하지 못하자 수업을 듣는 J에게 질문한다. 청산유수로 답하는 J. 일본인 교수, 암기력과 총명함에 놀란다. 경이로움 반, 질시 반으로 다른 일본인에게 질문하지만 대답을 못 한다. 수업이 끝나고 시비를 거는 일본인들을 가르며 당당하게 걸어나가는 J.

뒤에서 들리는 소리.

죠센징!

#8

학창시절의 로맨스

학교 밖에서 여학생과 만난다. 서울대 병원을 거쳐 창경원으로 가 벚꽃과 동물을 구경한다. 벚꽃 아래서 일본인들보다 더 큰 일을 하겠다고 이야기한다

#9

1931년, 경성제국대학교 고등문관시험 합격자 발표장

어제부터 가루 같은 눈발이 하나둘 떨어지는 대학로. 점점 눈송이 커져 함박눈 정도로 내리며 수북하게 쌓인다. 운동장 벽 앞에는 벌써 많은 사람들이 서 있다. J는 예상대로 써 있는 자신의 이름

을 발견하고 만면에 웃음을 짓는다. 앞으로 일어
날 인생의 모든 파노라마가 펼쳐질 것이다. 옆에서
환호를 지르는 훤칠한 키에, 눈매가 서글서글한 말
끔한 옷 맵시 여학생이 만세를 부르다 그만 눈에
미끌어진다. J는 그녀를 잡는다. 발그레해지는 볼.

무슨 과?

같이 온 사람이 있다는 것을 잊어버리고 있는
J. 바라보며 자신의 마음을 속이고 억지로 웃음을
짓는 지인.

#10

일본유학

　도쿄 제국대학 법학부 대학원. 교토 제국대학 대학원

#11

미용실

　미용실 파마하면서 지인들과 담소. 유혹하는 여자들.

　저기 보이지? 일본인을 제치고 수석으로 고등문관시험 붙었다는 J래. 잘도 생겼다. 얼굴 좀 봐. 호호호, 멋지다.

#12

1945년 해방, 빨래터에서

오늘 정오에 라디오 들으라고 전봇대에 붙어있 대. 빨래 들고 집으로 가는 아낙네들. 해방되었다 는 일본 천황의 라디오 음성이 들린다. 광화문으 로 뛰어나가는 국민. 광화문 앞 광장은 국민과 어 린이들로 북새통을 이룬다. 미군. 처음 보는 어린 이들 신기한 듯 쳐다본다.

#13

미군정, 법사국 법제부장

#14

이승만 대통령

#15

6.25 사변, 취조실

정치보위부에서 조사

#16

낙향

낙향하는 트럭 뒤에 짐을 싣고 슬픔을 억누른다. 소주병을 들고 돼지와 오리들이 전염병으로 전부 죽는 것을 지켜보다. 중앙정보부에서 보고 가다.

#20

아들의 애인

지인은 J 아들의 약혼녀를 자신 아들의 부인으로 만들기 위해 음모를 꾸미고 아들의 약혼녀는 반지를 빼 테이블에 놓는다.

#21

1985년

죽음

#22

지인 아들 임종

손자와 변호사 서 있다.

지인 아들 내가 진작 말하고 사죄해야 했었지만, 지금에서야 말하게 되었다. (회상하듯) 너희 할아버지이자, 회장인 내 아버지께서 임종하실 때 모든 재산을 J 변호사의 아들에게 돌려주라고 했지만 나만 들은 그 유언을 모두 없던 것으로 하고 우리 그룹을 지켜왔다. 항상 양심의 가책이 내 심장을 짓누르고 밤마다 알코올의 도움 없이는 잠을 이루지 못했다. 아버지도 밤마다 꿈에 나오는 흉몽 때문에 약으로 버티셨지. 이제

는 내가 사죄할 마지막 기회니 이 모든 재
산을 원주인에게 돌려주고 내 대신 사죄
를 부탁한다…….

손자   변호사님…….

변호사 빠른 시일 내 유언대로 집행하도록 하겠습
니다.

손자   안됩니다. 유언은 변호사님과 저만 들었습
니다.

병실에 부인과 다른 가족들이 몰려온다. 여보,
아버지……. 아니 이렇게 갑자기……. 흑.

손자   변호사님 얘기 좀.

변호사   알겠습니다.

손자   이번 유언을 폐기해 주신다면 변호사님께서 원하시는 모든 것을 들어드리겠습니다.

변호사   조부 때부터 모셔왔지만 아버님께서도 그런 제안을 하셔서⋯⋯. (사악한 미소) 제게도 시간을 좀 주십시오.

손자   빠른 시일 내 연락 기다리겠습니다.

비서   어머님이 부르십니다.

손자   알았네, 이것 좀 팔로업 해주게.

비서   (산동네 연립으로 땀 흘리며 걸어 올라간다) 도대
       체 누구길래 산동네 사는 사람을 전무님
       이 이렇게 관심을 가지시는지……. (동네 사
       람들에게) 저 집 사시는 분을 아세요?

할아버지 얼마 전 돌아가셨지. 항상 수심이 있는 것
       처럼 보였어. 아버님이 대단한 변호사였다
       나, 공부도 잘하고 키도 크고 멋졌지. 이
       동네엔 도무지 어울리지 않았어……. (저녁
       드세요 하고 부르는 소리) 난 들어가야겠어.

       비서, 동사무소에서 서류를 찾는다.

비서   유언장의 그분 아들이 우리 회사의 올해

수석 입사한 신입사원입니다.

손자   어서 찾아서 제일 어려운 해외 지사로 보
내도록 해.

신입사원, 해외 지사로 발령이 나다.

신입사원 (전화하며) 엄마, 나 해외 지사 발령이래. (수
화기 너머로 들리는 어머니 목소리) 키줄루머줄
루라는 신생 독립 국가래. (어디 있다니?) 비
행기 타고 내려서 한참 가야 된대, 20시간
이래. (어떻게 하니.)

애인에게 전화하는 신입사원.

신입사원 (전화하며) 나 해외 지사 발령이야. (얼마나 있어?) 글쎄, 7년 이상? 뭐?

신입사원, 공항에서 내린다. 트럭 타고 들어가 지사 찾아간다. 지사는 허허벌판에 입간판만 있다. 신입사원이 집을 얻자, 다른 사람이 집주인이라고 방문한다. 신입사원, 숲길을 헤매다 사경을 헤매고 있는 중 샤먼에게 구조된다. 샤먼이 약초를 발라 낫게 해주고 떠난다. 깨어난 신입사원.

신입사원 아! 이 약초, 우리가 10년 이상 찾아 헤매

던 약 성분이야! (전화하며) 잠시 귀국을 할

거예요, 엄마.

엄마   몇 년 만이냐. (포옹한다.)

  귀국 후 신입사원의 애인이 새 사장의 부인이 된

것을 알게 된다. 새 사장은 점점 방탕의 늪으로 빠

져들고, 신입사원은 지사로 돌아가고 몇 년 후 지

사는 성공에 성공을 거듭하여 본사에 90%의 영

향력을 갖게 된다.

비밀을 밝혀줄 변호사의 사망으로 모든 것은 심연 속으로 가라앉는다.